講談社文庫

泣きの銀次

宇江佐真理

講談社

目次

泣きの銀次

一

隣家の住人のひそやかなもの音が、薄い壁ごしに聞こえた。

銀次は前夜の酒量にもかかわらず、その音で眼を覚した。わずかなもの音にも敏感に反応してしまうのは、十手《じって》捕り縄をあずかる岡っ引きの習性だろう。銀次は寝床の中で思わず、そんな自分に顔をしかめた。

夢を見ていた。銀次はその夢の続きをもう少し味わいたかった。小伝馬《こでんま》町の銀次の実家の夢である。晩飯を一家揃って囲み、家族は特別の祝いでもないのに、何んだか楽し気だった。両親も弟も笑顔で、死んだはずの祖父や、これも十年前に死んだ妹のお菊まで顔を揃えていた。

(お菊、お前ェどうしてここに?)

薄い肩に手を伸ばすと、お菊はふわりと笑い、それから肩透かしを喰わせるように身体を避《よ》けた。その拍子に身体の重心を失った銀次は箱膳の上に倒れた。皿小鉢の割れる派手な音。

女中のお芳《よし》が悲鳴を上げた。

夢はそこでぷっつりと途切れた。目覚めてみれば、皿小鉢を割ったのは、昨夜の一膳めし屋のでき事でしかない。いや、隣家の食器の立てる音に誘われた幻聴か……

銀次の居る場所は、やはり八丁堀《はっちょうぼり》、地蔵橋近くの裏店《うらだな》だった。

――行ってくるよ。

隣家の辰吉《たつきち》が女房のおみつに声をかけている。ひそめられたその声に、始まったばかりの朝があった。

――行っといで。

無愛想だが、おみつは辰吉の声に応えた。それもいつものことだ。

辰吉は銀次と同い年の二十八。独り者の銀次と違って所帯を持ち、息子が一人いた。

辰吉は青物売りで、風采《ふうさい》の上がらない男だが、銀次は彼に好感を持っていた。

天秤棒《てんびんぼう》を担ぎ、日がな一日「かぶらな召せ、蓮《はす》も候、芋《いも》や芋や」と声を張り上げて野菜を売り歩く。渋い、いい喉である。そのいい喉で端唄《はうた》の一つも唸《うな》らせてみたいと時々銀次は思う。

夕暮れになって辰吉が家に戻ると、おみつは稼ぎの中から翌日の仕入れの金を残し、万一のための金を竹筒に蓄え、辰吉と息子の与平《よへい》を湯屋に追い立て、魚屋に走って売れ残りの野菜とともに夕餉《ゆうげ》の膳を調《ととの》えるのだ。

時々、銀次の所へも煮物のおすそ分けが届く。おみつはその時も特別に愛想はなく「食べて」と丼《どんぶり》を流しのそばに置いてそそくさと戻って行くだけである。ろくに礼も言えない。

毎日そうして辰吉が働いていても暮し向きに余裕の見える様子はなかった。生きて行くためのかつかつの毎日だけが性懲《しょうこ》りもなく繰り返される。だが、この裏店の住人は辰吉のような者が大半であった。

それが大方の市井《しせい》の暮しであると銀次が気づいたのはいつからであったろう。恐らくは、十手捕り縄を預かり、どうしようもなく悪事に手を染めた者や不運にも命を落とした者の事情に向き合ってからのことだ。

世の中には、上には上があり、下にはさらに下があった。まっとうに生きるということは辰吉のようにあくせく働いて、相変わらず、うだつの上がらない暮しに甘んじることなのだ、そう銀次は思う。

辰吉に比べると、今までの自分の生活がいかに自堕落でとりとめのないものだったかがよくわかった。

もしも、岡っ引きにならずに、そのまま家業の小間物問屋を継いでいたなら、自分は一生、辰吉のような男の生活を考えることはなかったに違いない。朝湯を楽しみ、湯屋の二階で自分と同じ遊治郎《ゆうやろう》達とその夜の遊びの算段をするのが関の山だ。

細見《さいけん》（吉原細見）と首っ引きで、やれ玉屋の花魁《おいらん》の誰それ、やれ扇屋の新造《しんぞう》の誰それと鼻の下を伸ばし、いっぱしの通人《つうじん》を気取っていた。友達が皆そうだったから、銀次もそういう毎日を特別なこととは思わずに過ごしていたのだ。

天明三年（一七八三）から七年に掛けて全国的に飢饉《ききん》が起こり、その影は微妙に江戸の町々にも影響していた。そういうことすら銀次は微塵も感じることなく、毎日を浮かれ暮していた。

銀次の変化は妹の死で突然にやってきた。

妹のお菊は習いごとの帰りに暴漢に襲われて殺された。むごいやり方だった。

身ぐるみ剝《は》がされ大川端《おおかわばた》に捨てられていたのだ。

知らせを受けて半狂乱になった母親を父親に任せ、銀次はその時だけ長男らしく現場に駆けつけた。

敷き藁《わら》を被《かぶ》せられたお菊は、その細い首を薄桃色のしごきできつく締めつけられていた。

そのしごきが、なぜか、ぐっしょりと濡れて、土の汚れにまみれていた。

あの時から銀次の泣き癖が始まったのだ。

肉親の死はお菊が最初ではなかった。だが、祖父の時は、銀次はほんの五つの子供で、死の意味をはっきりとは理解できなかった。

十八の銀次はお菊の死体を前に身も世もなく泣きじゃくった。まるで自分の手足が引きちぎられたように苦しかった。泣きながら銀次は、自分が下手人を挙げると叫んだ。

取っつかまえて、同じように殺してやると泣き声を高くしてわめいた。

その時の同心が表勘兵衛《おもてかんべえ》だった。当時、今の銀次と同じくらいの年齢だったと思う。勘兵衛は渋面を繕いながら「気持ちはわかるが、お前には無理だ。黙ってお上に任せるがいい。なに、ほんのひと月もあれば下手人は見つかるだろう」と、低い声で銀次をいなした。

「ひと月なんて待てねェ」

銀次は口を返した。勘兵衛は瞼《まぶた》を赤く腫らした銀次をじっと見据えた。

「お前に何ができると言うのだ?」

勘兵衛の口調に幾分、怒気が含まれていた。妹が殺されたことには大いに同情していたが、銀次の筆のように細い流行の本多髷《ほんだまげ》や黒八丈の長羽織の恰好には苦々しいものを感じていたふうがあった。こいつの褌《ふんどし》は、さしずめ縮緬《ちりめん》だろうとさえ思ったのではなかろうか。彼は若者が華美な装いをすることを好まなかった。それは勘兵衛が三十俵二人扶持の微禄の役人だからではなかった。

若者はその若さだけで充分に美しいと、勘兵衛は思っている。銀次の細面の顔には、青臭い若さが溢れていた。木綿の縞物を着ていたところで、勘兵衛はきっと彼の男前に気づいただろう。通人を気取る恰好は、銀次には似合わなかった。

「はばかりながら、こっちには剣術の心得があるんでね、どんな悪党が下手人だろうと、おいらは怖くはねェのよ。たとい、それで命を落としたとしても構やしねェ」

銀次の言葉は、あながち嘘でもなかった。

子供の頃から近所の道場で銀次は修業を積んでいた。素町人といえども、万一の時に備え、手代や番頭に剣術を習わせる大店は珍しくない。

銀次は自分の店の番頭にくっついて道場通いを続けていた。ほんの遊び心である。が、生まれついて、運動神経だけはいい銀次は、大した苦労もせずに腕を上げていた。それが銀次をいい気にさせていたのかも知れない。

勘兵衛はくおッと喉で意味不明に吠《ほ》えたかと思うと、銀次の左頬を張った。

「剣術の心得があるだと？　生意気を言うな。手前ェの腕が易々と通用するなら、武士などこの世にいらぬわ。町人相手の町道場で腕があるからと、うぬぼれにもほどがある。来い銀次、おれの後について来い」

勘兵衛は銀次の身体を半ば引き摺るようにして、八丁堀にほど近い、あさり河岸《がし》の道場に銀次を連れて行った。お菊の亡骸は土地の御用聞きに家まで届けさせるよう指図した。

お菊は今際《いまわ》に自分の舌を嚙んでこと切れていた。

まるで武家の子女のようにあっぱれであると勘兵衛は銀次に言ったが、それは少しも銀次のなぐさめにはならなかった。銀次はむしろ、何か引っ掛かるものを感じていた。

神道無念流《しんとうむねんりゅう》の達人である勘兵衛の強さは銀次の想像をはるかに超えるものだった。どんな手にも一分の隙も見せなかった。だが銀次は妹の死の衝撃と興奮で、打ち込まれても打ち込まれても勘兵衛にむしゃぶりついて行った。

あれほど激しい興奮と悲しみは、銀次はそれまで感じたことはなかった。勘兵衛は銀次のやり切れない胸の内を竹刀《しない》を交えることで救ってくれたのかも知れない。

髪はざんばらになり、着物の片袖は破れかけ、足腰は立っていることもできないほどフラフラになっているのに、銀次は眼だけを爛々《らんらん》とぎらつかせて勘兵衛に挑んだ。

道場は午後遅いせいもあって、他に人の気配もなかった。竹刀の音だけが場内にこだまするように聞こえていた。

容赦なく銀次を打ち込みながら、勘兵衛はその時、ある種の感動に打たれたという。うまく言葉にはできなかったが、素町人にしておくのは惜しい、という気持ちだったらしい。

かつて勘兵衛の同僚にしろ後輩にしろ、これほどがむしゃらに挑んで来た剣士を彼は他に知らなかった。それに間合を詰める勘兵衛に後退りしながらも銀次は敏捷《びんしょう》に体《たい》をかわした。小柄な銀次は栗鼠《りす》のようだった。

ただの遊冶郎と多寡《たか》を括《くく》っていた勘兵衛も途中から思わず真剣になっていた。

「べろは……お菊のべろはどこにあるんだ？」

銀次は黒光りしている板の間に倒れながら、謎のように呟《つぶや》いた。

「べろ？　舌がどうした？」

「お菊は嚙み切ったべろを喰っちまったのかい？　え、旦那、お菊は手前ェのべろを喰っちまうような凄い女だったのかい？」

勘兵衛は気づかなかった。お菊の舌のことなど。お菊の口の周りは血で一杯だった。勘兵衛はそれだけで最後は自害したものと判断したのだ。

「お前ェは妹の舌のないことに、はなっから気づいていたのか？」

「へい、そいつがどうにも解《げ》せなくて」

「そうか……」

「それに首に巻きついていたしごきも気になりやす。わざと水に濡らして締めつけをきつくさせている。出来心でお菊を手ごめにしたんじゃねェ、そいつァ殺しの玄人《くろうと》の仕業に違いねェ。それもとびっきりの玄人だ。いや、人間じゃねェ。人間の皮を被った獣《けだもの》だ。お菊の舌はそいつに喰われちまったんだ。おいらはそう思う。おしゃべりな女でしたからね、赤い舌でペラペラと……」

銀次はそこまで喋ると、くうッと喉を鳴らして、また嗚咽《おえつ》した。勘兵衛は銀次を黙ったまま見下ろしていた。銀次の観察眼から思い当たることがあった。

一年前から半年に一度の割合で猟奇的な殺人事件が発生していた。夜鷹とおぼしき女が陰部を刃物でえぐられて土手下にころがっていたり、顔をめった切りにされた女が大川に浮かんでいたり、手足をバラバラにされた死体の片足だけが発見されたり……

下手人は挙がっていない。お菊を殺《や》った奴もそいつであろうか？

「銀次」

勘兵衛は俯いた銀次に静かな声を掛けた。

「妹を殺った奴をどうでも捜すか？」

子供をあやすような言い方だった。

「へい」

「俺の小者につくか？」

「………」

銀次は勘兵衛に怪訝《けげん》な眼を向けた。意味がよく呑み込めなかった。自分に腹を立てていた様子の勘兵衛が、そんなことを言い出すとは思いも寄らない。言葉に窮した銀次に勘兵衛は、「ああそうか、お前ェは店の手伝いもあるのだな」と先回りするように言った。

「手伝いなんざ、ある訳もござんせん。店は手代、番頭が取り仕切っておりやすから」

銀次はそう言ったが、興奮が収まると、勘兵衛の言葉を嚙み締めるように押し黙った。

道場の中はたそがれていた。西陽が長く板の間に尾を引いている。やがて銀次は顔を上げた。

「いいんですかい？」

銀次は縋《すが》るような眼になって訊《き》いた。小者についてもいいのかと訊いたのだ。

勘兵衛は持つことのなかった弟を見るように銀次に深く肯いた。「ありがてェ」と言った銀次の語尾が掠《かす》れていた。

お菊の葬儀が済むと、銀次は約束通り、勘兵衛の小者についた。本多髷はそのままだったが、柔かい着物も長羽織も脱ぎ捨て、鉄紺色の着物に博多帯をきりりと締めて、足許は雪駄《せった》履きという出で立ちになった。

家の者には、お菊の下手人を挙げるのだと、大いばりで出て来ているらしい。

銀次は不審な奴と見れば、すぐに「小伝馬町の坂本屋の娘を殺ったのはお前ェか？」と喰らいついて、これには勘兵衛もほとほと閉口した。

坂本屋は銀次の家の名であった。老舗《しにせ》の小間物問屋で「美顔水《びがんすい》」が評判である。店は小売りも兼ねて結構な繁昌をしていた。手代、番頭にしっかりした人間も揃っているからだ。跡継ぎの銀次がふらふらできる道理である。

銀次はやくざ者や人相のよくない者に怯《ひる》むことはなかったが、たった一つ、困った癖があった。

北町奉行所、定廻《じょうまわ》り同心の勘兵衛はお菊の事件ばかりに関わってはいられない。大江戸の治安を守るのが彼の仕事である。ゆすり、たかり、喧嘩、盗難、火元争い、果ては家督争いから間男《まおとこ》まで、種々の訴えに対して吟味を行わなければならない。見かけは泰平のこの江戸も、裏を返せば人間の色と欲が絡《から》んだるつぼであった。

勘兵衛の伴をするようになった銀次は当然、他の事件の現場にも顔を出すことになったが、死人《しびと》の出た現場になると銀次の反応はいつも同じだった。

死人を前にして、お菊を思い出すのか、身体をぶるぶる震わせ、喉をしゃくり上げ、水洟《みずばな》を垂らして泣きじゃくった。何ほど勘兵衛に詰《なじ》られ、あるいは宥《なだ》められても、その癖は治らなかった。

いつしか、銀次は「泣きの銀次」という、あまりありがたくない渾名《あだな》で呼ばれるようになっていた。

二

隣家の辰吉が出かけてから、銀次はまた、朝寝に引き込まれていた。

やがて、裏店の女房達が井戸の周りに集まって、洗い物をしながらお喋りをする声が聞こえて来た。それと同時に子供達の甲高い声や犬の吠える声もやかましくなる。

眠り足りない気持ちではあったが、銀次は起き上がり、土間に下りて水瓶《みずがめ》の蓋《ふた》を取った。ひしゃくで掬《すく》って喉に流し込む酔い醒めの水は、いつもながらうまかった。

酔いがまだ、頭の芯に澱《おり》のように残っている。「酔わねェ酒なんざ、飲まねェわ」と豪気に言い放ってちろりの酒を増やすのだが、酔いの醒めた後は、身体の不調もそうだが、何かやり切れない嫌悪感に苛《さいな》まれた。

銀次は吐息を一つついて、台所の棚の上から桶《おけ》を取り上げた。顔でも洗って、口をすすいだら、少しはしゃきっとすると思ったのだ。その時、表から荒い足音が聞こえた。

足音は銀次の家の前で止まり、ついで、油障子が乱暴に叩かれた。

「兄《あに》ィ、いるか？　起きてくれ。兄ィ、仕事だ、開けてくれ」

下っ引きの政吉《まさきち》の声である。しんばり棒も支《か》っていないのだから、黙って開けたらいいものを、政吉は相当慌てているらしく、しきりに油障子を叩くばかりである。

「何んでェ、朝っぱらから」

油障子を銀次が、がらりと開けると、つんのめる格好で政吉が入って来た。おっとっと……。

大袈裟に片足を上げて身体の勢いを止めると、政吉は銀次の顔を見て安心したように笑った。

痩せて、いなごのような男である。年は二十五。手足も細いが、眼も細かった。なに、おいらの太《ふて》ェところは肝っ玉と魔羅《まら》よ、とうそぶくが、肝っ玉はともかく、湯屋で見かけた政吉のそれは、自慢するほどのものではなかった。それよりも、長い臑《すね》を覆っていた、こわい毛の方が銀次の度肝《どぎも》を抜いた。

「大川に土左衛門が上がりやした」

政吉は荒い息をさせて銀次に告げると、上がり框《がまち》に腰を下ろした。

「仏は男か女か？」

銀次は桶を持って、表に足を踏み出しながら無表情な顔で訊いた。

「若《わけ》ェ女です。それもとびっきりの別品《べっぴん》で。兄ィ、どこへ？」

「顔を洗う」

「………」

銀次が井戸端に出て行くと、裏店の女房達は場所を空け、親切に水など汲んでくれる。その合間に昨夜《ゆんべ》はどこで何してただの、早くかみさんを貰えだの、飯《まま》はちゃんと食べてるかだの、なかなかうるさい。銀次は素直に、あい、あい、と応えて、それが女房達にえらく評判が良かった。

岡っ引きはしていても、銀次の鷹揚《おうよう》な態度に、女房達は銀次の育ちをそれとなく嗅ぎつけているのかも知れない。

あっという間に十年が過ぎたと銀次は思う。無我夢中の十年でもあった。

結局、お菊の下手人はわからず仕舞であった。いや、無宿のならず者をしょっ引《び》いて、そいつがお菊を含む、一連の殺しの下手人ということで引き廻しの上、獄門になったが、銀次はどこか納得できないものを感じていた。

北町奉行所のお白州の上で、御奉行が裁いたことに四の五の言うつもりはないのだが、引き廻しの時の下手人の表情は気も抜けて、どこか上《うわ》の空だった。こいつは吟味の途中で仕置が辛いばかりに、やけになって自白したのではなかろうか、と銀次はふと思った。

思ったために、俄《にわ》か岡っ引きは足を洗いそびれてしまったのだ。

今では土地の御用聞きとして名の知れた銀次である。坂本屋を弟に譲って、十手稼業に精を出す毎日は、考えてみたら、ずい分と侘《わび》しいものだ。しかし、もう、後戻りはできなかった。

「それで？」

銀次はつるりと光った顔で戻って来ると、政吉に話の続きを訊いた。政吉は所在なげに端唄を口ずさんでいた。端唄の文句が途中でぷっつりと途切れた。

「へ？」

「へ、じゃねェ。おきゃあがれ。別品の仏のことだよ」

「へ、へい。それが兄ィ、妙な恰好してるんで。全身黒ずくめで、ありゃあ、忍びの者ですかね」

「忍びなんざ、うろちょろする御時世じゃねェよ。だが、待てよ……」

銀次は薄い顎髭《あごひげ》を撫でて、考え込んだ。見当をつけていることと、水死体との接点をあれこれ思案していた。

「よし、わかった。まさ、これからひとっ走り、深川まで行って、仮宅《かりたく》の大黒屋に小紫《こむらさき》がいるかどうか探って来てくれ。話はそれからだ。おいらは現場に行って、表の旦那を待つ。表の旦那には誰か知らせにやったか？」

「へい、自身番の奴が行きやした」

「そうか、現場はどこだ？」

「両国橋のちょい手前で舟着き場の所です」

「いいか、小紫のことがわかったら、すぐに帰って来いよ。ぐずぐずするんじゃねェぞ」

「小紫ってェのは？」

「大黒屋のお職《しょく》を張っている花魁だ」

「詳しいんですね」

「細見読みにかけちゃ、お前ェより年季が入ってるわな」

「なァる……しかしまた、何でその小紫の素性をこんな時に探るんで？」

「ちょいとな、引っ掛かることがあるのよ」

銀次はお納戸《なんど》茶緞子《ちゃどんす》の帯を締め直しながら、そう言った。そして紺縞の着物を尻からげして、神棚の十手をひょいと取り上げた。着物の下は紺の股引姿だった。

「兄ィ、大丈夫ですかい？」

政吉は銀次の仕度が調うと心配そうに訊《き》いた。銀次が何気ない表情をしていたからだ。

「何が？」

「そのお……」

政吉は言いにくそうに口ごもり、上眼遣いで銀次を見ている。ふと気づいて、銀次は顔をしかめた。政吉は泣きが入ることを心配していたのだ。

「多分な、大丈夫だろうよ」

「そうすね、大丈夫でさァ、昼間ですから」

政吉は訳のわからないことを言って銀次を励ましたつもりだった。

政吉を深川にやって、銀次が大川の舟着き場近くの現場に到着したのは四つ（午前十時）頃になった。気の早い野次馬が、仏の周りを遠巻きに取り囲んでいた。

近くの自身番に詰めている岡っ引きの巳之吉《みのきち》が敷き藁を被せた仏の傍《そば》に突っ立っていた。

銀次を認めると慇懃《いんぎん》に頭を下げたが、皮肉な微笑も洩らしたことに銀次は気がついていた。

これから起こる銀次の表情を見透かしたような嫌やな笑いだった。

「仏は女だったな？」

銀次が確認するように訊くと、巳之吉はへい、と応えた。

「まさの話だと、妙な恰好をしてるそうじゃねェか」

「へい、見ますかい？」

巳之吉はわざと言ったのだ。かッと頭に血が昇ったが、勘兵衛の来ない内にべしょべしょ泣きが入っては業晒《ごうさら》しなので、銀次はかろうじて堪《こら》えた。

いつか、巳之吉が銀次の泣きをからかい、岡っ引きの風上にも置けねェ野郎だと笑った時、政吉に半殺しの目に遭わされていた。それから銀次には面と向かって、こきおろすようなことは言わなかったが、政吉を伴につけていない、その日のような時は、チクリと銀次に対して皮肉な態度を見せた。巳之吉は岡っ引きの業に就《つ》いて、まだ間もない。年季の違いは銀次の方が、はるかに上だった。

「後で見る」

銀次はそう言って空を仰いだ。「そうすかい」巳之吉はつまらなそうに応えて、それ切り黙った。空は抜け上がったように青く、川風が汗を浮かべた銀次の額を快くなぶった。

もうすぐ油照りの夏が来る。堪え難い江戸の夏が……

「親方、八丁堀の旦那が見えやした」

巳之吉の声に振り向くと、勘兵衛が見習い同心の雨宮藤助《あまみやとうすけ》と一緒にやって来るのが見えた。その後ろから政吉が右手の拳《こぶし》で天を突くように、銀次に向かって合図しているのにも、気がついた。

政吉は勘兵衛と藤助を追い越す時、軽く会釈して、すぐさま銀次の傍までやって来た。

「ずい分、早かったじゃねェか」

銀次は息を弾ませている政吉にそう言って、労をねぎらった。

「いや、大黒屋じゃ、小紫がいないと大騒ぎですぜ。すわ、足抜けか、と妓夫《ぎゆう》があちこち捜し廻っていますよ」

「そうか……」

「いってェ、小紫はどこに行っちまったんですかねェ」

「そこにいるぜ」

「へ？」

「その仏が小紫だ」

銀次はそう言って、怪訝な表情の政吉には構わず、勘兵衛と藤助の前に進み出て挨拶をした。勘兵衛は「おう」と顎をしゃくった。気軽な返答のつもりである。含み綿をしているような勘兵衛の頬がその拍子に、少しだけ弛《ゆる》んだ。藤助は銀次とは初対面だったので、小者とは言え、銀次に律儀に頭を下げた。その態度に恐縮しながら、銀次も彼に頭を下げた。

雨宮藤助は分別臭い表情をしていたが、甲高い声に若さが匂う。

勘兵衛は人の身体の形に盛り上がった敷き藁をちらりと一瞥すると「身投げか？」と銀次に訊いた。

「いいえ、そうじゃねェと思いやす」

「心中か？」

「それとも違うと思うんですが……」

「どんな按配《あんばい》なんだ？」

「はっきりしたことはまだ……」

「何んだ、仏の様子を見ていないのか」

「へい……」

勘兵衛は鼻白んだ表情をした。今日の勘兵衛は妙に小意地が悪いと銀次は思ったが、死人の様子を見ていないのは銀次の手落ちなので、素直に頭を下げた。

「身投げでさァ、男の仏は見つかっておりやせんから」

巳之吉が横から口を挟んだ。政吉はそれを聞くと、「手前ェは黙ってろ」と気色ばんだ声を上げた。藤助が政吉の剣幕に驚いて、びくッと身体を震わせた。

勘兵衛は紋付羽織の裾をはしょって、死体の傍にしゃがむと、そっと敷き藁をめくった。

「おッ」と短い声が洩れた。恐らく、死人の黒装束のせいだろう。勘兵衛はしゃがんだまま、銀次と藤助の顔を交互に見た。銀次が訳知りな表情をしていたので、勘兵衛は「銀の字、仰向かせろ、顔を見る」と命令した。

その途端、銀次の表情が崩れた。

巳之吉と政吉は息を呑んで銀次を見つめた。

その徴候がひたひたと銀次を捉え始めている。肉の少ない銀次の骨ばった顔は微かにぴくぴくと痙攣《けいれん》していた。瞬《まばた》きの回数も増えている。若い雨宮藤助だけが怪訝そうな顔つきをしていた。

巳之吉は銀次から視線を外して、足許の土を雪駄の先でつっ突きながら、「やってられねェ、わかり切っているのに表の旦那もよう」と小声でぶつぶつ呟いた。

「おう、銀の字、早くしろ!」

「だ、旦那、おいらが」

政吉がたまりかねて助け舟を出した。だが、政吉の声を勘兵衛は、まるで聞いていないふうだった。その日、初めて同行した雨宮藤助の手前があった。もしかして、藤助の存在で何かが変わることを勘兵衛は期待したのかも知れない。

及び腰の銀次は死人に近づいた。韋駄天《いだてん》走りと呼ばれる自慢の足さえ、棺桶に片足を突っ込んだ年寄りのようによろよろしていた。

だいたい、足の運びがおかしい、それでは、あやつり人形だ。

銀次の両手が俯《うつぶ》せの死人の肩にかかった。銀次は堪《た》えられないように首を左右に振った。限度はそこまでだった。

銀次はみるみる大粒の涙をこぼし、顔をくしゃくしゃにして水洟を啜り上げた。

勘兵衛は舌打ちして、政吉を振り向くと、無言で顎をしゃくった。

「兄ィ、おいらがやります。兄ィはそっちの方へ」

金縛りにかかったような銀次を脇に押し遣《や》って、政吉は「よッ」と掛け声を出して死人を仰向けた。

小柴は腫れた顔をしていたが、眠っているように見えた。銀次は小柴の顔をちらりと覗くと、また堪え切れずに泣き声を高くした。

勘兵衛は再び死人のそばにしゃがみ、検屍を続けた。

やがて勘兵衛は元通りに敷き藁を被せると、ゆっくりと立ち上がった。そのまま銀次に近づき、「いい加減慣れたらどうなんだ」と、じれったいような口ぶりで銀次を叱った。

「へい、すんません。勘弁しておくんなさい」

「これがなきゃな、お前には文句のつけようがねェんだが……どうだ、あの美印《びじるし》の仏に思い当たることがあるか？」

「へい……」

銀次は鼻水を拭って呼吸を調えようとしたが、嗚咽を堪えることはまだできなかった。

——泣きの銀次だ、見なせい。

野次馬から声が飛んだ。

——おお、泣きが見られた。ありがてェ。

死人の見物どころか、人々の関心は銀次の方に集まっている。

「や、やかましいわ、見世物じゃねェ、退《の》いた、退いた、傍に寄るんじゃねェ」

政吉が大声を張り上げた。その声に一番驚いたのは雨宮藤助だった。

「表さん、お茶を淹《い》れました。一服して下《くだ》さい」

見習い同心の雨宮藤助はそう言って、勘兵衛の前に渋茶の入った湯呑を置いた。

「まだいたのか、帰ってよいと言ったはずだぞ」

勘兵衛は文机《ふづくえ》の口書《くちがき》（白状書）から眼を離し、黒紋付がまだ板に付かない十八歳の若者の顔に向き直った。呉服橋御門内《ごふくばしごもんうち》の北町奉行所の詰所で、勘兵衛は押し込み事件を記録した口書を読んでいた。近頃、頻繁に起きていた押し込みの一団に美人の女子が加わっていたのは、江戸の人々の噂に上っていた。与力、同心が総出で水茶屋の女、芸者、岡場所の女達を調べていたが、なかなか埒《らち》は明かなかった。

吉原の遊女達も調べたが、周りをお歯黒溝《どぶ》で囲まれている大門《おおもん》の中では見張りの目も厳しく、夜な夜な外に抜け出せるとは考えられなかった。

盲点がそこにあった。吉原は吉原でも、火事で丸焼けになった半籬《はんまがき》大黒屋が深川で仮宅《かりたく》を打っていたことを忘れていた。仮宅は吉原の遊女屋が火災に遭った時に、期間を定めて大門の外に仮の見世《みせ》を出す時の呼び名である。

万事が略式で、客に喜ばれ、見世の実入りも多かった。仮宅は浅草、花川戸《はなかわど》、本所松井町、深川櫓下《やぐらした》、門前仲町の町内に多い。大黒屋は深川の門前仲町に見世を張っていた。

押し込みの首領は花魁小紫の間夫《まぶ》（情夫）で、さる商家の番頭だった。大黒屋に通って小紫に惚れたのが身の詰まりだった。押し込みで金を手に入れては大黒屋へ通う有様となった。その内、事情がわかった小紫も仮宅で警護の手薄になった隙を見つけ、自分も悪事に加担するようになったのだ。商売に長《た》けていた番頭は盗賊となっても才覚を見せ、仲間を増やし、ついには首領となるほどの本物の悪党になったのだ。

銀次は夜目にも、すこぶる美人の盗賊と被害者の証言から、ひそかに花魁、新造の調べを進めていた。大黒屋にも自ら上がり、裏を返すほど金も遣った。小紫には引っ掛かるものを感じていたが、これと言った決め手は摑んでいなかった。小紫が水死体であがったために事件は一気に解決を見た。芋蔓《いもづる》式に盗賊たちを捕らえることができたのだ。

小紫は大川を渡る、帰りの舟から誤って落ちたらしい。薄情にも間夫の男は見殺しにしたようだ。

銀次が泣きを見せた夜に捕り物があり、与力、同心、中間《ちゅうげん》、総勢二百五十人の、物々しい出入りだった。

「表さん、少しお訊ねしたいことがあります」

藤助はかしこまって言った。

「何んだ？」

「あの銀次とかいう小者のことです」

「ああ……」

奉行所内は静かだった。おおかたの同心は七つ（午後四時）には帰宅する。そろそろ時刻は暮六つ（午後六時）になろうとしていた。

「銀次はどうしてあの死人が小紫だと、すぐにわかったのでしょう」

「うむ。その前に下っ引きの政吉を深川にやって、小紫がいないことを確かめている。大黒屋の主《あるじ》に面通しをさせたら、すぐにわかったのだ」

「女の盗賊があの花魁だと当たりをつけていたのですか？」

「そうらしい。何しろ、廓内《くるわうち》のことはあいつの方が詳しいからな」

勘兵衛は苦笑しながら言った。

「小伝馬町の小間物問屋の息子だそうですね」

「そうだ」

「黙って家業を継いだらいいものを。何も好きこのんで十手稼業にのめり込まなくてもいいと思いますがね」

「…………」

勘兵衛は返す言葉がなかった。本当に藤助の言うように、家業を継いでいた方が銀次の倖せだったに違いない。一番番頭の卯之助《うのすけ》という男は、わざわざ勘兵衛の役宅まで菓子折りを携えて来て、どうか十手を預けないでくれと、涙をこぼさんばかりに勘兵衛に頼んだ。

主人の使いではなかった。卯之助は自分の意志でやって来たのだった。あの時の卯之助の打ち明け話に勘兵衛は心を打たれた。

卯之助は母親と妹の三人暮しだった。真面目な男で、坂本屋に丁稚《でっち》から奉公して手代、番頭と出世した苦労人でもある。今や、坂本屋は卯之助なしでの商売は考えられない。

しかし、長い奉公の間にはつまずきもあった。

卯之助の場合、母親が病に倒れたことだった。看病は妹がいたから心配はなかったが、薬代がかさんだ。坂本屋がどんなに大店《おおだな》でも、奉公人の給金など多寡《たか》が知れた。高利な金を借りて、返済に苦しめられる羽目になったのだ。十両盗めば首が飛ぶ時代である。卯之助はやむにやまれず店の金に手をつけた。五両であった。

帳簿のしっかりしている坂本屋では五両もの大金をそうそう隠しおおせない。女相手の商売である。化粧品、櫛《くし》、髪結いの品は一つ一つの値はそう張るものではないからだ。

京橋の欄干《らんかん》にもたれて、じっと川の面を見つめて、卯之助は途方に暮れていた。たった五両で自分の人生がお仕舞いになるのかと悔しかった。たった五両、しかし、五両だった。

銀次はそんな卯之助と芝居見物の帰りに会っていた。おう、と気軽に声を掛けた。卯之助はそこで銀次に仔細を話したわけではなかった。ただ「若旦那、しっかり坂本屋を守って下さい」と真顔で言った。自分は五両のために店を追い出されることになるから、店の行く末が案じられたのだろう。銀次は「お説教なら聞き飽きてらァ」と笑ってやり過ごしていた。卯之助の眼の暗さは気になっていたが。

だが、やがて父親の銀佐衛門が内所に卯之助を呼んで、掛け取りの穴を訊ねているのを、銀次は見ることになる。卯之助の下手な言い訳が銀佐衛門の不審感を募《つの》らせていた。

勘のいい銀次は、それが卯之助の遣った金であると察した。卯之助のことである、遊びのせいとは思えなかった。銀次の気まぐれが卯之助を庇《かば》わせた。

「お父っつぁん、勘弁してくれ、実はおいらが引手茶屋の払いに遣っちまったのよ。卯之助に罪はねェのよ」

地獄に仏とはこのことです、と卯之助は勘兵衛に言った。何度も謝る卯之助に銀次は涼しい顔で、坂本屋の将来が五両で買えるなら安いものだと笑ったという。だから、卯之助は銀次のためなら必死で坂本屋を守る覚悟をしていたのだ。それが店を捨てて、銀次は岡っ引きになるという。卯之助には恩の返しようがないと悔しかったのだ。しかし、銀次は言葉通り岡っ引きになった。

時々、卯之助は政吉の代わりに勘兵衛の所に言付けを伝えに来ることもあった。勘当になっているとは言え、店と銀次の繋がりは切れていないようだ。店と疎遠にならないように卯之助が気を遣っているのだ。

「表さん、聞いているのですか？」

藤助が物思いに耽《ふけ》っているような勘兵衛に、苛々した調子で言った。

「ん？」

「嫌やですよ、若い娘みたいに上の空で。しかし、いくら腕利きの小者でも、あの泣きは何んとかならないものでしょうか」

「…………」

「全く困る、今後のお役目にも関わります。あの下っ引きの方がよっぽど役に立ちます」

「まてまて、銀次については折りを見て、お前に話そうと思っていたのだ」

「わたしの父は表さんにすべてお任せするようにと、詳しいことは一つも話してくれないものですから、あの泣きを見せられて、すっかり驚きました」

「お父上は利口な方だ。余計な話をして、お前に先入観を植えつけては困ると考えられたのだろう。まあ、銀次については、お父上もよく御存知のはずだから、伺ってみるのもよかろう」

藤助の父親は雨宮角太夫《かくだゆう》といって、臨時廻りの同心である。同心は本来、世襲制ではないのだが、引退する時には、その子供が改めて召し抱えられるというのが慣例であった。

勘兵衛の死んだ父親も同心であった。

角太夫は父の頃からよく知っている人物で、少なからず世話になった。その恩返しのつもりで、角太夫の長男である藤助に同心としての仕事と心構えを徐々に教えて行くつもりであった。

親から子へ、子から孫へ、同心から同心へと伝えられる犯罪に関するあらゆる情報は同心の腕と地位をゆるぎないものにして来た。

江戸千七百町の治安は、与力と、その下の同心の力で守られて来たと言っても過言ではない。町奉行その人は単に、事件を決裁するだけの立場なのだ。

しかし、町奉行の配下にあって、どんな活躍をしようとも、与力、同心には出世も転役もない。与力は幕臣で裃役《かみしもやく》の御抱席《おかかえせき》といえども御目見《おめみえ》以下であるし、着流しの同心もまた、旗本の武士からは、悪人の捜査に手を染める不浄役人という捉え方をされていた。岡っ引きや下っ引きになると、彼等からは罪人と紙一重の扱われ方であった。

表向き、奉行所は岡っ引きを認めてはいない。町同心の胸一つに任されている。同心が岡っ引きを使うのは、もちろん、捜査の手間が省けるからだ。そして腕のいい岡っ引きは、その下に下っ引きを置く。

下っ引きになると、まさにごろつきのような者が多いのも事実だった。

勘兵衛は古参の弥助《やすけ》と銀次の二人の小者を使っていた。弥助は年のせいで、この頃は目立った仕事はしていない。もっぱら銀次の働きに勘兵衛は頼っていた。銀次が政吉を下っ引きに置いているのは、銀次の泣きを考えると、やむを得ないことだった。

「どうもわたしにはよくわかりません。表さんは、本当にあの者を抱えていて、足手纏《まと》いではないのですか？」

藤助は首をかしげながら訊いた。

「時には、そういうこともある」

勘兵衛は含み笑いをして言った。その日の銀次の泣きも、いっそ盛大だったと思い出していた。

「悪いことは申しません、手を切ったらどうです？　小者の掛かりも大変でしょうから。わたしは表さんが気の毒でたまりません。あの者がいては、表さんの沽券《こけん》に関わります」

藤助は調子に乗ってペラペラと喋っていた。

何を言っても、のらりくらりと手応えのない勘兵衛に業を煮やして、つい口が滑ったようだ。勘兵衛の表情が変わった。ドンと文机を拳でどやした。藤助はぎょっとなった。

「生意気を言うな、お前に何がわかる。昨日今日、同心の仕事に就いたばかりの新参者が……」

勘兵衛の顔は怒りのために紅潮していた。反対に藤助の方は蒼白となった。

「いいか、よく聞け、銀次は走らせたら飛脚にも負けない足を持っている。身体は小柄だから、身軽にどんな場所でも入り込んで行ける。剣は馬庭念流《まにわねんりゅう》だ。お前など足許にも及ばぬわ。今晩帰ったら、お父上にとくと伺って来い。銀次がなぜ泣くのか……え？　死人が怖いからではないのだぞ。あいつは命がいたましいのよ……だから泣ける。よいではないか、泣きが入るくらい何んだ、そう思わぬか？」

勘兵衛はそこで口を閉じた。喋り過ぎたと気づいたからだ。藤助は殊勝に頭を下げている。いくら喋ったところで、銀次が泣く意味を言葉で説明するのは難しい気がした。

「もういい、お前は帰れ」

「申し訳ありません。生意気を申しました。許して下さい」

藤助は深々と一礼すると立ち上がった。そのまま、部屋から出て行こうとして、襖《ふすま》の所で立ち止まり、ふと勘兵衛を振り返った。

「表さんは銀次が好きなのですね？」

「馬鹿野郎、俺は泣き虫は嫌いだ」

「そうでしょうか、表さんも泣き虫だと、父が言ってましたよ」

「こいつッ」

勘兵衛の笑顔を確認すると、藤助は大袈裟に首をすくめ、「お先に失礼致します」と言って出て行った。どうやら藤助は勘兵衛の機嫌を取る術《すべ》だけは心得ているようだ。

勘兵衛は口書の綴りを閉じ、腰を伸ばすと、自分も帰宅する用意を始めた。

三

五つ（午後八時）過ぎの小伝馬町はひっそりとしていた。

藍《あい》と墨を溶かしたような夜が拡がっている。

月明かりを頼りに、銀次は坂本屋の裏へ廻った。

通いの手代や番頭が出入りする通用口がある。そこを抜けると坂本屋の勝手口になる。

灯りが洩《も》れていて、女中のお芳《よし》がまだ仕事をしている様子だった。銀次はその灯りを見て、ほっと安心した。いつものように勝手口の戸を控え目に叩いた。

「誰？」

お芳の緊張した声が聞こえた。

「おいらだ」

「若旦那」

障子にお芳の影が映り、鍵がはずされて戸が開いた。お芳はいつもの愛嬌のある笑顔で銀次を迎えた。お多福と銀次がからかう丸っこい顔は、ついでに眼も鼻も丸い。笑うと左頰にエクボができる。

「まだ起きていたのか？」

「起きていたから戸を開けたのでしょう？　おお臭い、お酒を召し上がってるんですね」

「ちょっとだけだぜ」

「ささ、入って下さいまし」

お芳は銀次を中に促した。土間の向こうは、少し広い板の間になっている。住み込みの奉公人がそこで食事を摂《と》るのだ。大きく頑丈な戸棚が壁際に並んでいる。

今は通いの女中のお増《ます》も帰って、板の間はきれいに片づけられ、手あぶりの瀬戸火鉢が中央にぽつんと置かれているだけだった。

火鉢の鉄瓶は湯気を立てていた。

お芳は土間にしつらえてある流しで米を研いでいたようだ。銀次を中に入れて戸を閉めると、すぐに流しに戻って米の水加減をし、女にしては、やや勇ましい声で釜を持ち上げると、横の竈《かまど》の上にのせて蓋をした。

銀次はその様子を黙って眺めていた。

お芳はそれから襷《たすき》を外し、紅い麻型模様の前垂れで手の水気を拭うと銀次のそばにやって来た。お芳は火鉢の炭を搔《か》き立てた。むっと熱気が銀次の顔を覆った。

「このくそ暑いのに、火なんざいらねェよ」

「ええ、お茶を淹れたら、すぐに消し炭にしちゃいますよ」

「茶なんざいらねェ」

「あら、お茶ぐらい淹れさせて下さいな。間《ま》が持ちませんから。それにお酒が少しは抜けますよ」

お芳はそう言って戸棚から湯呑を二つ取り出すと、急須にほうじ茶の葉を入れ、鉄瓶の湯を注いだ。あたりに香ばしい匂いが立ち込めた。静かな夜だった。お芳の所に来ると、格別、夜が静かに感じられた。なぜだろうと銀次は考える。酔いの回ったぼんやりした頭では、その答えは難しかった。

「押し込みの一味が捕まったそうですね」

お芳は一口、お茶を飲んで訊いた。

「ああ」

銀次も熱い茶を口をすぼめて飲みながら応える。

「吉原のお職を張っていた花魁さんも仲間ですってね」

「ああ、花魁はその前に大川で溺れて死んでしまったがな」

「見たんですか?」

「ああ」

「じゃあ、また泣きが入っちまったんですね」

「…………」

お芳は「泣きが入る」とさらりと言ったが、実際に銀次の泣きぶりを見たことはなかった。

「八丁堀の旦那に叱られたでしょうね」

「ああ」

「いつだってそうね、ここに来る時はいつだってそう。お酒に酔って、暗い顔をして、濡れ雑巾《ぞうきん》みたいにくたくたになってやって来る」

「濡れ雑巾たァ、ひでェ」

「だってそうだもの」

「おいら、そんなに汚《きた》ねェか？」

「そうじゃありませんよ。世間様は泣きの銀次だの、韋駄天銀次だのと、おだてますけどね、ここにやって来る若旦那がその人だなんてとても思えない」

「おいらだって人の子よ、弱みを見せる時があらァ」

「嘘。そんなんじゃないわ。ここに来る時は決まって泣きの入った後なんだから」

お芳はそう言って立ち上がり、戸棚の上の方を爪先立てて開け、何やら取り出そうとしていた。素足の踵《かかと》が剝きたての大蒜《にんにく》のように見えた。お芳は人並みに湯屋では糠袋《ぬかぶくろ》を使い、熱心に踵を磨いているのだろう。顔はふっくらとしているが、身体は細身だった。芝居の定式幕を細かくしたような木綿の単衣《ひとえ》に褪《さ》めた蜜柑《みかん》色の細帯を貝の口に結んでいる。後ろ姿だけは春信《はるのぶ》の美人絵だ、と銀次は思う。

お芳は塩むすびが二つのった皿を持って来て銀次の前に置いた。それからまた思い出したように戸棚に戻り、別の所から大根の煮物を出して来て、それも銀次の前に差し出した。

「召し上がって下さいな。どうせその様子じゃ晩御飯もろくに食べていないのでしょう？」

「気が利くな、夕方に蕎麦《そば》を喰ったきりだ」

「それじゃ精がつきませんよ」

塩むすびをうまそうに食べる銀次にお芳は茶を淹れ直しながら、「あたしに弱みを見せるなんて、お門《かど》違いですよ」と言った。

「お芳は迷惑か？」

「そうですね、迷惑だわ。あたしは弱虫が嫌いだから……」

「………」

ついでに岡っ引きも嫌いとお芳は言いたいのだと銀次は思った。

お芳は弥助の娘だった。お芳は弥助を恨んでいた。弥助のせいで母親が死んだと思っているからだ。

日本橋の檜物《ひもの》町の裏店にお芳は両親と住んでいた。

五年前、その裏店が火事に遭《あ》った。真夜中のことだった。弥助は張り込みで外に出ていた。半鐘の音が聞こえなかったはずはない、とお芳は譲らなかった。母親は少ない家財道具を惜しがって火のついた家に入り、煙に巻かれて死んだのだ。お父っつぁんさえ、傍にいてくれたら、怨み言を繰り返すお芳と弥助の仲は険悪になっていった。

お芳が住み込みで働ける奉公先はないものか、と弥助から相談を持ちかけられ、銀次は銀佐衛門に口を利いて坂本屋にお芳を奉公させることにしてやった。丁度坂本屋でも住み込みの女中を捜していたところだったので、それは好都合だったが、お芳は「お父っつぁんは、あたしを邪魔にして」と、かえって恨みを募らせ、今では弥助の住む豊島《としま》町にもほとんど訪れることはなかった。弥助は火事の一件以来、日本橋の縄張を人に譲り、豊島町に引っ越していた。

お芳は利かん気な性格で、銀次に対しても他の奉公人と違ってへりくだった物言いはしなかった。

もっとも、銀次は表向きは勘当の扱いなので、お芳がことさら、へりくだる必要はなかったのだが。夜中にこっそり舞い戻る銀次にお芳は何か食べさせ、話を聞いてやっていた。

銀次はお芳の態度が嫌やではなかった。言い難いことをポンポン言っても、お芳は後を引かなかった。そんな所は弥助と瓜二つだった。

同じ性質はこじれた時には、手がつけられないほど反発しあうものなのだろうかと銀次は思う。

お芳は弥助の身を案じながら、強く憎んでもいた。

「お芳、うまかったぜ」

二つの皿をぺろりと空にすると銀次は言った。お芳はその時だけ笑顔を見せた。

銀次は、お芳が汚れた皿を洗う音を聞きながら板敷きの部屋に身体を横たえた。幸福な気持ちが眠気を誘った。

「若旦那、蒲団を敷きましょうか？」

「いや、帰るからいい」

「たまにはお泊まりになって、旦那様やお内儀さんと一緒に朝御飯を召し上がったらいかがです？」

「おいらは勘当の身だぜ」

「何言ってるんです、それは表向きの話でしょう？　若旦那がどうでも十手持ちになりたいとおっしゃったからじゃないですか。その気になったら、いつだって勘当を解いてもらえますよ」

「今更そんなことできねぇよ」

「どうしてです？　庄三郎様が跡を継ぎなさったからと言って、坂本屋はこれだけの大店ですよ。暖簾《のれん》分けやら、何んとでも若旦那の道は残されておりますよ」

十七のお芳は、まるで銀次より年上のような口を利いた。お芳にとって、いや坂本屋の奉公人にとって若旦那は今も昔も銀次一人なのであろう。庄三郎は昨年、祝言《しゅうげん》を挙げて身を固めていた。坂本屋は名実ともに庄三郎のものになった。なのにお芳は銀次の前では庄三郎を旦那様とは言わず、庄三郎様と言った。銀次に気を遣ってのことなのだろう。

自分の居場所が微かに残っている。

銀次はお芳が自分を若旦那と呼びかけてくれることで、それを感じた。家業を弟に譲ったことの後悔はなかった。庄三郎の方が昔から読み書き算盤《そろばん》は達者で、何より真面目な性格が商売向きであると銀次は思っていた。

「あいにく、おいらには十手持ちの方が性に合うらしい」

「何が合うものですか、年中、泣きが入るばかりで……合わないんですよ、岡っ引きが」

「……そうだな、合わねェのかも知れねェな。だがよ、もう商売替えする気はねェのさ」

「…………」

「さて、そろそろ引けようか、お前ェも朝が早ェから寝る邪魔をしちゃ、気の毒だ」

「あたしなら構いませんよ」

「おう、たまには父っつぁんの所にその丸い顔、見せてやりな」

「大きなお世話でございます」

「冷《つめ》てェな」

「何言ってるんです、親に冷たいのはどっちです？　いつだって夜中にこそこそお戻りになって……顔を見せるのは若旦那の方ですよ」

「おっ母さんとお父っつぁんは達者だろうな？」

「ええ、ピンシャンとまではゆきませんけれどね、何しろお年ですから」

「頼むぜ、お芳」

「あたしは奉公人ですからね、いくらお仕えしても若旦那のようにお慰めすることはできませんよ」

銀次はゆっくりと腰を上げた。当分、所帯を持つつもりはなかったが、もしも持つとするならお芳のような娘がいいと銀次は心のどこかで思い始めている。

玄人《それしや》の女ばかりを相手にして来た銀次にとって、お芳は初めての堅気の娘になる。気性のさっぱりしたお芳のそばにいる時、銀次は気持ちが安らいだ。と言って、銀次はお芳に好意を持っていることを毛筋ほども洩らしていない。それを口にすれば、男と女のどろどろしたものが二人の間に入り込み、遠慮のない会話を交わせる間柄が崩れてしまうような気がした。

銀次はそれが怖かった。二十歳前に遊びを知り尽した銀次は、惚れたはれたが、ひどくわずらわしいものに思えていた。男と女は深間にならない内が華だとも思う。

お芳はいつものように戸口まで銀次を見送った。小腰をかがめ「お気をつけて」と言ったお芳の顔が心なしか寂し気だった。

外に出ると、丸い盆のような月が銀次の頭上にあった。月光が夜露に濡れた家々の瓦屋根を魚の鱗《うろこ》のように光らせていた。

ぱたぱたと羽音をさせたのは蝙蝠《こうもり》だろう。

お芳の寂し気な表情が少し気になった。気の利いた台詞の一つも言ってやればよかったと思う。だが、実際にはそんなことはできないだろう。廓の女達のように、嘘の混じった甘言などお芳に通用するはずもなかった。お芳が喜ぶ言葉とは何んだろうと銀次は考えた。

考えても、考えても埒は明かなかった。

銀次はそういう自分を持て余した。

火鉢のそばで汗を掻いた銀次は外の風に当たってくさめが出た。通りかかった野良犬が低く唸って後退《あとじさ》った。

四

夏が来た——

流れる雲など一片もない底抜けの青空から容赦のない陽射しが降っていた。

お見廻りの途中で立ち寄った商家から外に出た時、勘兵衛は「かーッ」と唸《うな》り声を上げた。仄暗《ほのぐら》い店内に慣れた眼には外の陽光は眩《まぶ》し過ぎた。いきなり眼を射られたような心地がしたのだ。

銀次も眩しそうに眼を細め、唸った勘兵衛を見て笑った。

夏物とは言え、羽織、着流しの恰好は暑さがこたえる。浴衣《ゆかた》を気軽に引っ掛けて歩き廻ることのできない銀次もまた、木綿縞物の単衣に角帯を締めて、こちらも肌を蒸されて往生していた。

京橋の湯屋で二人は朝風呂を浴びて来たというのに、昼前にはもう、全身汗まみれになっていた。立ち寄る店々で出される冷えた麦湯は、汗になるとわかっていても手を出さずにはいられなかった。

商家はいずれも日除《ひよ》け幕を張り、丁稚や女中がせっせと店先に打ち水をしている所が多い。その日は今年一番の暑さかも知れなかった。

手桶からひしゃくで振り撒《ま》いた水はつかの間、地面を黒々と濡らし埃《ほこり》を鎮めるのだが、すぐに陽射しは水気を奪い取って、元の埃まみれの道に戻してしまう。

通り過ぎる風鈴売りや団扇《うちわ》売りも眼には涼し気に見えるけれど、褌《ふんどし》一つで荷を担ぐ売子の、赤銅《しゃくどう》色に焼けた肌はよく見ると玉の汗でぬめぬめと湿っていた。

浅草を歩いていた勘兵衛と銀次の足は涼を求めて自然、水のある方へ向いていた。

大川ではなく、上野不忍池《しのばずのいけ》である。

江戸の水の名所であった。

なぜかそこは、いつ来てもひと気はなく、池には水の面も見えぬほどの蓮《はす》の葉と、この時季は紅白の蓮の花が美しく咲いているばかり。それもそのはず、このあたりは「不忍《しのばず》」どころか人目を忍ぶ出合茶屋、水茶屋が多い。

昼飯は名物の蓮飯《はすめし》にしようかと勘兵衛が言って、銀次は相槌を打った。

ふと中島の橋の手前で、銀次は見覚えのある男の背中が眼についた。銀次はそっと勘兵衛の羽織の袖を引いた。

弥助であった。

弥助は葭簀《よしず》張りの茶店でいかにも一服しているかのように、ゆっくりと茶を口に運びながら、実はそこから見える茶屋の一軒に油断のならない視線を送っていた。

勘兵衛は銀次に目配せして、その茶店に入り、弥助と背中合わせの格好で座った。

弥助は一瞬、驚いた表情をしたが、向き直りもせず、そのまま「こりゃどうも、とんだ所で……」と低く呟くように言った。

茶屋の小女に冷えた麦湯を二つ頼むと、勘兵衛は「誰を張ってるのだ」と訊いた。

客は他にいなかったが勘兵衛の声は聞き取れないほど低かった。実際、弥助には聞こえなかったらしく、弥助は押し黙ったままだった。銀次は「父《と》っつぁん……」と返事を急かした。

「鉄斎《てつさい》でさァ」と、しゃがれた声で弥助は応えた。

「あいつが茶屋にいるんでさァ、蔭間《かげま》と一緒に。おれァ、やり過ごすことができなくてここまでつけて来たんで」

「一人で歩くなと言ったはずだぞ」

勘兵衛は窘《たしな》めた。

「なに、年寄りがどうこうしようって腹はねェんですよ。ただちょいと気になるだけで」

叶《かのう》鉄斎、銀次はその名を聞かされて胸が堅くなった。

湯島の昌平黌《しょうへいこう》の主幹を務めた学者で今は御徒町《おかちまち》に私塾を構えている。

そこには名のある国学者も、かなりの数、通っていた。田安《たやす》家など大名屋敷との交流もあり、請われて講義に出かけることも度々だった。

四十を一つか二つ越えた年齢であるが面差しは青年のように若く、黒々とした総髪はいつも髪結いを頼んでいるのか、几帳面に撫でつけられていた。

加えて、町の女なら通り過ぎただけでぞめきが来るほどの男前である。高い鼻梁《びりょう》とくっきりとしたふた皮眼《かわめ》、色白の肌に髭の剃り跡が青々としていた。六尺近い体軀は押し出しの強さも感じさせる。

三度も女房を換えている事情と彼にまつわる穏やかならぬ風聞は勘兵衛等同心が眼を離さずにはおれない人物なのだ。

覚えているだけで、およそ五つの事件の疑惑があった。弥助は銀次にお菊殺しの下手人も鉄斎ではないかと昔から囁いていた。

銀次も調べを進めて行く内にその確信を強くしていたが、何しろ敵は元、昌平黌の学者、御儒者である。与力、同心等町方役人が他の罪人のように気軽にしょっ引くことはできない。勘定方に連絡を取って手続きを踏んでからでなければ吟味は叶わなかった。それでは遅過ぎることが再三あった。証拠も手掛かりも鉄斎は巧妙に隠蔽《いんぺい》してしまうのだ。後は火附盗賊改方《ひつけとうぞくあらためかた》の出番を待つしかなかったのだが、奉行と火附盗賊改方はいわば敵対する関係である。何んとか町奉行の手の者達だけで鉄斎をお縄にしたいと考えていた。

弥助の家が火災に遭った時も、弥助は鉄斎を張っていたのだ。そのために弥助の女房は死に、娘から背かれる羽目になった。弥助はこの鉄斎をお縄にするまで十手を返すつもりはないのだろうと銀次は思っている。

一面の蓮池の上には薄い靄《もや》がかかったように見える。陽射しは相変わらず強く、葭簀張りの内側は藍色がかった影が濃い。

中島の茶屋で何ほどのおどろおどろしいでき事が展開されていようとも、外の蓮池は極楽浄土を思わせるトロリと眠気を含んだ静けさに満ちていた。

弥助は煙管《きせる》の灰を落とし、新しいきざみを詰め、火を点《つ》けた。その時、中島に架けられた橋に草履のひたひたという音が響いた。三人は同時にそちらを向いた。と言っても、銀次と勘兵衛は葭簀の陰に身をひそめたので、外からは弥助がふっと顔を上げただけにしか見えないはずだ。

編笠の蔭間はひどく急ぎ足だった。薄物の着物に絽の袴《はかま》がひらひらと身体にまとわりついている。並の女子でも、とても手を出さない派手派手しい装いである。笠に隠れているので顔の表情はわからなかったが、歩き方には不愉快そうな怒りが感じられた。

男色の客を相手にする蔭間であるなら、少々奇態な振る舞いをされたところで何ほどのこともあるまい。しかし、その客が鉄斎となれば中のでき事は銀次の想像を超えた。

蔭間が通り過ぎて四半刻後、叶鉄斎は中島の橋を悠然と渡って来た。人の眼を憚る笠の用意とてない。銀次はその厚顔な態度に今更ながら憮然となった。彼は鉄紺色の着物に同色の

ぜ」

「一本どころか蔭間の様子じゃ、揚げ代以上のことをされたみてェで肝が焼けたふうでした

勘兵衛が銀次に囁いた。

「一本抜いて、晴れ晴れとした様子だな」

袴姿であった。

「シッ、こっちを見たぞ」

鉄斎は弥助に気づくと口の端を歪めるように笑った。葭簀の隙間から、銀次は鉄斎の男にしては赤過ぎる唇と、今は穏やかな光を宿している眼を眺めていた。

「そこの岡っ引き、この暑いのに御苦労だの。何んぞ、事件でもあったか？」

深みのある声が銀次の耳に響いた。

弥助はへい、へいと慇懃《いんぎん》に頭を下げていた。

「わしをつけるのはお前の勝手だが、わしとて人の子よ。木でも石でもない。叩けば埃も出よう。今日のことは他言無用に頼むぞ。これは口止め料だ」

玉砂利の上に黄金色の小判が一枚、乾いた音を立てて放られた。ふっと笑った鉄斎の顔を見て、銀次は背中をぞくりとするものが走った。口止め料に小判とは、さすがに鉄斎だと妙に感心してもいた。

弥助は床几《しょうぎ》から立ち上がると小判を拾い、押しいただくというふうに両手でそれを眼の上

に持ち上げ、頭を下げた。弥助は姑息《こそく》な岡っ引きを演じていた。

鉄斎は鼻先でふん、と笑い、冷ややかな表情を保ちながら踵《きびす》を返した。もうそこに弥助がいることさえ忘れたように見える。

浅草寺の方向に立ち去った鉄斎の姿が見えなくなると、弥助は突然、手に持っていた小判を蓮池に向かって放り投げようとした。銀次は弥助の前に躍り出て、その手を止めた。

「父っつぁん、銭に罪はねェ。銭は銭よ。もったいねェことするんじゃねェ」

弥助はそう言った銀次の顔を情けない表情で見つめた。

「さすがに商家の息子だな……そうさな、銭に罪はありゃしねェ。だが、わしはこの金をありがたく頂戴する訳にはいかねェのよ。そんなことをした日にゃ、後生が悪くて夜も満足に寝られやしねェ」

「お芳にやったらどうだ」

咄嗟《とっさ》に銀次は言った。弥助は銀次と茶屋から出てきた勘兵衛の顔を交互に見て、「お前ェの好きにしてくれ」と銀次の掌に小判を預けた。受け取った小判は生温く湿っていた。

弥助は勘兵衛にこくりと頭を下げると鉄斎の去って行った方向へ歩き出した。

「弥助、鉄斎のことはいいから、おれが言ったことを早く片づけろよ」

勘兵衛は弥助の背中に言った。他の事件のことらしい。弥助は振り向き、お芳と良く似た丸い目をギロリと光らせると「へい」と応え、またそそくさと歩き出した。水を何度もくぐったような唐桟縞《とうざんじま》の単衣が、銀次の眼には、やけにくたびれて見えた。

「父っつぁんは意地になってますね」

銀次は小さくなった弥助の後ろ姿を見つめながら言った。

「無理もねェ。鉄斎のために女房を亡くしたようなものだからな」

「ついでに娘にも恨まれて、父っつぁんは立つ瀬がねェ」

「お芳は相変わらずか？」

「へい、気の強い女ですからね、そうそう気持ちを変える様子はありやせん。心の中じゃ、心配してるんでしょうが……」

「親一人、子一人なのにな。その金、お芳は受け取るかな」

「無理にでも渡しまさァ」

「銭に罪はねェからな、お前の言うように。持っていて邪魔になるもんでもねェ」

勘兵衛の口調に皮肉なものが含まれたと銀次は思った。あの時、勘兵衛が弥助の立場にあったなら、小判といえども勘兵衛は蓮池に放ったであろう。

侍気質は町人で育った銀次には時として鬱陶しく思える。鐚《びた》一文でさえ、人は額に汗して働かなければ手許に残らない。隣家の辰吉の顔がふうっと浮かんだ。自分の金に対する考えを銀次は勘兵衛に話したかった。しかし、いかにも青臭い。所詮、自分と勘兵衛との間には越えられない壁があるのだった。士農工商、人の眼には見えない価値観の違いを時々思い知らされる。いつになったら同じ人としてものを考えることができるのか。銀次は勘兵衛の端正な横顔を眺めて思った。蓮飯の趣向は鉄斎の出現で、その気もなくなっていた。勘兵衛は「蕎麦でも喰いに行くか」と銀次を振り向いて言った。

「へい。蓮飯はこの次にしましょう。暑苦しくて喉につかえそうだと思っていたところでさァ」

「お前が蕎麦っ喰いで助かるぜ」

「ついでに酒っ喰いでもありますけどね」

「違ェねェ」

勘兵衛と銀次は笑いながら炎天の不忍池を後にした。

京橋の湯屋「梅の湯」は銀次の昔の遊び仲間、音松《おとまつ》の家がやっていた。

朝の内なら音松は銀次につき合って、二階の休息所で今でも馬鹿話をする仲である。しかし、夕方に近い時刻のせいか音松の姿は見えない。早くも遊所に出かけたのか、それとも殊勝に裏手に回って湯を沸かす薪《まき》をくべるのに忙しいのだろうか。友達の姿が見えないのは忘れ物をしたような気分だと銀次は思っていた。もっとも、銀次がその時刻に湯屋に来るのは珍しいことだった。

八つ半（午後三時）頃に勘兵衛と別れ、一旦は自分の塒《ねぐら》に戻ったのだが、そのまま晩飯を摂る一膳めしやに出かけるには襟を濡らしている汗が気色悪かった。面倒でも浴衣に着替え、もう一度湯屋を訪れていた。

音松は所帯を持って久しい。そろそろ家の商売に身を入れる気持ちになったとしても、おかしくはなかった。

遊び人の女房は得てしてしっかり者が多い。音松の女房のお美代もそうだった。番台に座り、入って来る客、出て行く客に愛想のいい声を掛けていた。

銀次が暖簾《のれん》を掻き分けて入って行くと、「若旦那、こんな時刻にお珍しい」と丈夫そうな歯を見せて笑った。腹のあたりがぷっくり膨らんでいるのは、三人目の子供が生まれるのだ。

朝の客と夕方の客は様子が違う。朝は暇な隠居や大店の主人が多いが、夕方は仕事を終えた職人やら江戸中を駆け廻った物売りの男達が柘榴《ざくろ》口の内外を問わず、今日の首尾を声高に話し合う。活気と言うにはいささか騒々しい。それに加えて中では声が反響して濁声《だみごえ》も滅法よく聞こえるので、端唄《はうた》やら、浄瑠璃やら、あちこちから洩れて、それは賑やかなものである。

銀次は手早く裸になり、洗い場の隅に場所を求めて身体に湯を掛けると、破風《はふ》型の柘榴口をくぐって、人の頭が七つ八つ、ぼんやり見える湯槽の中に自分も身体を沈めた。

仄暗い中の様子に次第に眼が慣れて行く。

黄昏《たそがれ》迫る窓から白っぽい月が見えた。

湯屋は日没後、一刻ほどで火を落とす。夏場のことで陽は長く、男達が身体を洗う仕種にも余裕が感じられた。湯はこなれて、朝方ほど肌を刺さないが、その代わり、湯の表面にはうっすらと垢が浮いていた。

銀次は湯槽の中で眼を閉じた。瞼の裏に不忍池で見かけた叶鉄斎の顔が浮かんだ。

最初の妻は自害した。二度目の妻は行方不明である。今でも奉行所は行方を捜していたが、手掛りは掴んでいない。三人目は鉄斎の家が火事になった時、逃げ遅れて死んだ。この火事はつけ火と噂が立ったが、下手人を鉄斎に結びつけることはできなかった。その他に彼の弟子であった十五歳の書生が刃物で腹をえぐられて死んだ。書生の腹から内臓がはみ出て、見るも無残な有様だった。

銀次の泣きも入ったが、政吉はそれを見て激しく吐いた。勘兵衛もさすがに眼を背けたものだ。それから……銀次は湯から上がり、洗い場に腰を下した。鉄斎の家の女中が大川に浮かんでいた。外傷はなかったが犯された形跡があった。これほど疑惑に取り巻かれ、近所の噂も尋常ではないのに、奉行所は彼を強引に引き立てることに逡巡《しゅんじゅん》した姿勢を見せる。

一つには彼のような学問を積んだ人間が犯罪に手を染める訳がない、と考えるお上のおかしな先入観のせいもあった。手拭いで二の腕をこする銀次の手は、鉄斎のことを考えているために自然、お留守になっていた。汗を搔いたのに、さして垢らしいものも出なかった。

「親方、背中流しやしょう」

いきなり左肩を掴まれ、背中が結構な力でぐいぐいとこすられた。首をねじ曲げて後ろを向くと、小銀杏髷《こいちょうまげ》の辰吉の顔があった。顔は湯気でびっしりと玉の汗になっていた。

銀次は俄かに現実に戻された心地がした。

「坊主はどうした？」

銀次はいつもの調子になって訊いた。辰吉がいつも一緒に連れて来る息子の与平の姿がなかった。

「なにね、今日は嬶《かか》ァと昼間に行水を使ったから湯屋には行かねェとぬかしましてね。嬶ァの奴、あの狭い所でどうやって行水したものやら」

「今日はやけに暑かったからな」

「嬶の奴、たかが十文の湯銭を惜しんだところでどうなるものでもねェのに」

「女なんてそんなものだ」

「親方、難しい顔してましたぜ。厄介な事件でも起きましたかい？」

辰吉は手を休めずに訊いた。与平がそばにいないので馬鹿に口数が多いと銀次は思った。

「いいや、近頃は物騒なこともなくていい按配だ。この暑いのに冷や汗も掻きたかねェや」

「さいですね。やあ背中が赤くなっちまった。ちょいと力が入り過ぎましたね」

「ありがとよ、いい気持ちだった。ざっと湯を掛けてくれ。それで仕舞いにして上がるよ。ぐずぐずしてると茹蛸《ゆでだこ》になっちまわァ」

銀次は湯槽に入らず、そのまま上がり湯を掛けて洗い場から出た。

辰吉は湯に浸かって身体中をそれこそ茹蛸にして戻って来た。フーフーと荒い息をする辰吉を銀次は笑って眺めた。重い荷を担いで市中を歩き廻る辰吉の肩の筋肉は盛り上がっていた。腹掛けと褌を締めている部分だけが驚くほど白い。もともとは色白の男なのだろう。辰吉は器用な仕種で褌を締めると手早く浴衣を巻きつけ、「二階で休みやしょうか」と銀次を誘った。

「いや、おいらは外で一杯やって行くよ」

「さいですか、そいじゃ、あっしはこれで」

気落ちしたような様子で背中を見せた辰吉に銀次は声を掛けた。

「辰っつぁん、ちょいとおいらにつき合わねェか」

「とんでもねェ、嬶ァが角《つの》出しまさァ」

「おみつさんにはいつも世話になってるから、たまにはおいらにもおごらしてくれよ」

「それじゃ気の毒だ」

そう言いながら辰吉の表情が動いた。

「おみつさんが角を出さない内に返すから、ささ……」

銀次は辰吉を急《せ》かした。

京橋から茅場町《かやばちょう》の「みさご」まで銀次は辰吉と肩を並べてぶらぶらと歩いた。湯上がりくゆっくり話ができることを心底喜んでいる様子だった。辰吉は朝晩の挨拶をする程度の銀次とゆっくり話ができることを心底喜んでいる様子だった。二人だけで話をするのは、考えてみたら初めてのことだった。夏場は涼みがてら、裏店の外に床几《しょうぎ》を出して、近所の人も交えて世間話は何度かあったが、場所を変えてどうこうするということはなかった。辰吉は商売が忙しくて、ろくに友達づき合いもない男だった。

「みさご」は茅場町の提灯掛横丁にある。

早い話が下っ引きの政吉がやっている店だった。十人も客が入ったらいっぱいになる狭い店だ。政吉は父親と二人でやっていた。もっとも、政吉は何かあると店をほっぽり出して行ってしまうので、実際には年寄りの父親が一人で店を切り回しているようなものだ。季節の肴と辛口の酒が売り物だった。店は小汚いが、味がいいと、遠くから通って来る客も多かった。

縄暖簾をくぐって「みさご」に入って行くと、捩《ねじ》り鉢巻きに白い半纏《はんてん》を着た政吉が「らっしゃい、兄ィ」と威勢のいい声を張り上げた。

板場の横に立っていた父親の伊平も白髪頭を下げたが、銀次の来店を半ば訝しむ眼にもなった。いつものことである。「みさご」にとって銀次は大事な客であるが、すわ事件となると、政吉はどんなに店が立て込んでいようが飛び出して行く。だから伊平にとって銀次はありがたい客である一方、迷惑な客でもあった。店に入って来た瞬間に伊平は銀次の表情を注意深く読み取ろうとする癖がついていた。

辰吉を連れて行ったので、伊平の顔に安堵の色が窺えた。大振りの盃を二つ、座った銀次と辰吉の前に置くと、伊平は片口丼の酒を注いだ。何はともあれ酒、ということを承知している間《ま》の良さだ。それから伊平はちろりにも酒を注ぎ、銀次と辰吉の間に置いた。

突き出しは翡翠《ひすい》色に茹上げた枝豆だった。

銀次はその他に冷や奴と酢のもの、焼魚を頼んだ。辰吉は気の毒なほど遠慮した。それを銀次はいなした。

「あの人ァ、親方の家来の……」

辰吉は政吉が板場にいたことにひどく驚いていた。「家来」という言葉に銀次は苦笑した。

「おうそうよ。ここはまさの店だ。下っ引きの給金なんて多寡が知れるからよ。親父さんには迷惑の掛け通しだ」

「そんな銀次さん、水臭い……」

伊平は一応、謙遜した口を利いて白い歯を覗かせた。客は銀次たちの他にはいなかった。まだ陽が暮れ切っていないせいだろう。客足は遅い。奥には小上がりもあった。座蒲団が積み重ねられている。口明けの店は打ち水の跡もしっとりとして清々しい。

「こいつァ、あっしの好物だが、随分と手間が掛かってますね」

辰吉は莢《さや》の両端に鋏《はさみ》を入れた枝豆を摘み上げ、感心した声を立てた。

「ちょいと乙だろ? この店のもんは皆、よそよりひと味もふた味も凝《こ》っているんだ。なに、まさは、これでも元は平清《ひらせい》の板前だった男よ」

「平清？　深川の？」

辰吉は眼を丸くした。深川八幡のそばにある高級料亭「平清」の名は江戸でも知れ渡っていた。

「兄ィ、昔の話はよしにしましょうや」

政吉が照れてそう言った。

「全く、黙って勤め上げりゃ、今頃はこんな店じゃなく、もちっとましな店が持てましたのに……」

伊平は何度も繰り返した愚痴をまた口にした。

「うるせェや、元々は手前ェが親から譲られた料亭を女に入れ揚げて潰しちまったのが原因だろ？」

政吉が悪態をつくと伊平はきな臭い顔になったが、座を取り繕うつもりだったのか自分の額を平手でピシャリとやった。辰吉と銀次は声を上げて笑った。いい晩になったと銀次は思った。

「親方も小伝馬町の小間物問屋の若旦那でしたよね？」

辰吉は銀次の盃にちろりの酒を注ぎながら言った。

「知っていたのかい？」

「知っていたも何も、長屋中の者で知らない奴はおりやせんよ。何年のつき合いだと思っていなさるんで？」

「そうかい……」

銀次の声に吐息が混じった。政吉とは彼が平清にいた頃から顔見知りだった。銀次は父親の銀佐衛門と一緒に寄り合いで平清を何度か訪れていたからだ。政吉は腕は良かったが喧嘩っ早いのが玉にきずだった。銀次が岡っ引きを始めた頃にひょんなことから下っ引きに就《つ》いたのだ。政吉は店の主人と前借りが嵩《かさ》んできたことから口論になり、店を飛び出していた。ぶらぶらしている時に大川で身投げのあった現場に出くわした。政吉はそこで銀次の泣きを見たのだ。

初めはだらしない野郎だと鼻で笑ったものの、銀次が仏の身内のように泣きじゃくる姿を見つめている内に不思議な気持ちになったという。あの人ァ、どうして泣けるのだろう、と思ったそうだ。岡っ引きが死人にいちいち泣きを見せていたら身が持たないだろうに。それに、大店の若旦那を棒に振って、どうしてあの人ァ岡っ引きになったんだろうか。次々に政吉の脳裏に訪れる疑問が銀次から眼を離せなくしていた。政吉は自分から押し掛けて下っ引きを買って出たのだ。今では政吉の助けなしには吟味も考えられない銀次であった。

「親方、こっちの方はどうしているんです？」

ほろりと酔いが回った辰吉は飯台の下で小指を立てた。銀次は顔をしかめたが、辰吉の疑問はもっともなものだった。三十近くになって独り身でいる方がおかしいのだ。

「こんな稼業をしているからな、なかなか女房のなり手がねェのよ。月に一、二度吉原《なか》の小見世で女を買うぐれェよ、それで間に合ってらァ」

「さいですか」

辰吉は納得したように相槌を打った。お芳の顔が銀次にふっと浮かんでいた。弥助から預った金は自分の家の畳の下に隠しておいた。早いところ、届けてやりたかった。そう思うと尻のあたりがもぞもぞと落ち着かなくなった。

「まさ、飯にしてくれ」

「もうですかい？」

「ああ、これからちょいと用もあるしな」

「あっしもお伴しますかい？」

政吉は頭の鉢巻きを取った。

「いや、お芳の所に行って来るだけだ。辰っつぁん、お前ェ、飯は？」

「いえ、飯は帰ってから喰いますから結構です」

「そうかい、そいじゃ、おいらが飯を済ますまで、もう一本飲んでくれねェか？」

「親方、もう充分いただきました」

「何言ってる。肴がまだ残ってらァ。せっかくおいらが誘ったんだ、遠慮しねェで飲んでくれよ、……と言ってもあと一本じゃ、みみっちい話だが……」

「とんでもねェ」

銀次は菜飯《なめし》と浅蜊《あさり》の吸い物で飯にした。辰吉はその間、手酌でちろりの酒をゆっくりと飲んでいた。

「ねェ親方、前から訊《き》こう、訊こうと思っていたんですがね……」

銀次は菜飯で膨らんだ頰をして辰吉の方を見た。

「そのお……人をあやめた下手人というのは、てえげェ平気な顔で暮していたもんなんですかね？」

「何んでェ、藪《やぶ》から棒に」

「いえね、あっしは根っから臆病な男なんで、もしも万が一にも人を殺した日にゃ、夜もろくに寝られねェだろうと思うんですよ。しかし、世の中にゃ、存外に肝っ玉のでかい奴が多いようで、そいつがどうにも解せねェ訳です」

「おう、青物屋、ものの言い方を間違えてるぜ。人殺しの肝っ玉がでかいなんざ、馬鹿も休み休み言え」

政吉が飯台から身を乗り出すように言った。

「てえげェは蒼白い顔でお縄になる。それが人ってものだ」

銀次は政吉を眼でいなしてから低い声で応えた。

「そ、そうでしょうね」

辰吉は安心したように相槌を打った。「実は昔、妙な話を聞きましてね……」

辰吉はそれを言いたかったとばかり、薄い唇を舌で湿してから口を開いた。

「あっしの出生《でしょう》は本所の小梅村ですが、奉公に上がったのは深川の佐賀町の八百屋でした」

「その八百屋の娘がおみつさんだった……」

「よく御存知で」

「おみつさんから聞いたよ」

「あのお喋り……」

「いいじゃねェか、おみつさんは許婚《いいなずけ》の男を振って辰っつぁんと一緒になったんだ」

「ほ、色男」

政吉がからかった。辰吉は耳まで赤くした。

伊平は政吉の半纏の袖を引いていた。

「そのためにあっしは嬶ァに未だに苦労させているわけで……」

辰吉の声が湿っぽくなった。

「辰っつぁん、それはいいからお前さんの話っていうのは？」

銀次は辰吉の話の続きを急かした。

「へえ、佐賀町は大川に面していますので舟宿が幾つもありやした。その一つに、いい年増がやっていた舟宿があったんですよ。そうすね、三十七、八ってところでしょうか」

舟宿のお内儀は客あしらいも良く、商売は繁盛していた。近所の人々は行かず後家などと陰でこっそり言っていた。父親から譲り受けた商売を律儀に守って、そのために婚期を逃したものらしい。母親はそのお内儀が子供の頃に死んで、他にきょうだいもなくて、お内儀は天涯孤独の身であった。

そのお内儀に亭主ができた。相手はお内儀より十五も年下だった。近所の連中はその男がおかみの財産目当てではないかと噂した。

亭主とお内儀の仲はしばらくは良かったそうだ。亭主は商売にも精を出して舟宿はひと回りも大きくなった。その頃から亭主の女道楽が始まったらしい。亭主は男盛りで、お内儀は当然のことながら初老を迎えて、この夫婦の釣り合いが難しくなっていた。

亭主は水茶屋の女とわりない仲になり、お内儀が邪魔になった。夫婦別れするにも、亭主は舟宿が惜しくてならなかった。

思い余って、亭主はある日、川崎大師に行こうとお内儀を誘い、自分の家の舟で二人は出かけた。

亭主は品川沖でお内儀を海へ突き落とした。そして自分は品川宿に泊まって翌日の夕方、深川の舟宿に戻った。ところが戻ってみて、亭主はぎょっとなった。舟着き場のあたりにお内儀の水死体が浮かんでいたのだ。まるで亭主の帰りを待っていたかのように。

亭主は人目がないのを幸いに、お内儀を再び舟に乗せ、大川に漕ぎ出し、佃島《つくだじま》のあたりでお内儀を突き落とした。

しかし、土左衛門《どざえもん》のお内儀は、やはり自分の舟宿に近い舟着き場に戻って来た。さすがに今度は人目にも触れ、土地の岡っ引きの耳にも入り、亭主はお縄になった。亭主はお内儀の怨念の深さに恐れをなし、事実を包み隠さず白状したそうだ。その亭主は市中引き廻しの上、獄門に処せられた。

「死人に口なしと言いますけどね……」

辰吉は酒の雫《しずく》を大事そうに盃の中に振り落とすと、溜息混じりの声で呟いた。

「とんでもねェ、死人になっても人の恨みは殺した奴に祟るんでさァ。あっしはそう思いました。あっしは決して人なんざあやめるもんじゃねェ、と肝に銘じたものでさァ」

「恐ろしい話でげすね、全くその通りですよ」

伊平が丸い眼を大きくして相槌を打った。

政吉は伊平と似ていなかった。政吉は母親似なのだろう。政吉の母親は、政吉が平清を飛び出した頃に病で死んでいた。

「違うな」

銀次はポツリと言った。

「兄ィ、何が違うんです？」

政吉が怪訝な顔で銀次に訊いた。

「やっぱり死人は口なしよ……辰っつぁんの話には一理あるが、殺しには様々な事情が絡んでいる。舟宿のおかみは、その中でも珍しいものだ。おいら達にはその方が楽ってもんだ。それにな、てえげェは闇夜にばっさりで、下手人を挙げるのは並大抵のことじゃねェのよ。それに、土左衛門のお内儀が舞い戻るって謎も、よく考えてみりゃそれほど謎でもねェぜ」

銀次は吸い物の中味を飲み干し、椀を少し音を立てて飯台に置いた。

「兄ィ、謎が解けるんで？」

政吉が手拭の鉢巻きを締め直して訊いた。辰吉は銀次の表情を注意深く見つめていた。銀次は辰吉の顔をまっすぐに見て口を開いた。

「舟宿の亭主はおいらに言わせりゃ、それほどの悪党でもなかったのよ。どういう事情で十五も年上の女と一緒になったのかは知らねェが、年が離れていりゃ、女の方が老けて行くのは道理、男が不満を覚えるのも、これまた道理だ。ついでに若けェ女に目が行くのも仕方のねェことよな……しかし、だからと言って邪魔者を簡単に消してしまおうと考える了簡《りようけん》がおいらは許せねェ。ま、それはともかく。その亭主は潮の流れを読んじゃいなかった。舟宿をやっていた男らしくもねェ、大川は上げ潮になると流れが変わるのよ。夕方頃の佐賀町は潮の匂いがして鷗《かもめ》が飛んでいらァ。品川沖ぐれェじゃ、すぐに流れに乗って舞い戻って来るさ。どうせなら江戸湾の外まで行くことだった。次に佃島あたりで突き落とした所で、なおいけねェ。大川の土左衛門はそのまま海に流れて行くことは滅多にねェのよ。てえげェは河口のあたりに浮かんでうろうろしている。上げ潮になりゃ、そのまんま戻って来るさ。その事件は世間様の話に尾鰭《おひれ》がついただけのもんだ。辰っつぁんがその話を聞いて自分の肝に銘じたんなら、謎のままの方がよかったかも知れねェが……」

一息で喋った銀次に辰吉は低い唸り声を上げていた。

「全く……合点が行きやした。親方、ありがとうございます」

辰吉は頭を下げた。

「とんでもねェ」と銀次は慌てて顔の前で手を左右に振っていた。

「それからもう一つ、お訊ねしていいですかい？」

辰吉は真顔のまま銀次を見つめた。

「ああ、何んでェ。何んでも訊いてくれ」

銀次は政吉が差し出した茶の入った湯呑を啜ると辰吉の分別臭い顔に笑った。

「いや、やっぱりよしにします。親方にあんまりご無礼だ」

辰吉は二、三度眼をしばたたいて言った。

「やけに気を持たせる物言いだ。無礼もへちまもありゃしねェよ。遠慮しねェで言っつくれ」

「親方、怒らねェですかい？」

「怒らねェよ」

「……どうして親方は、そのお……死人を見ると泣けてしまうんで？」

「手前ェ！」

政吉が吠えた。あいすみません、と辰吉は慌てて首を縮めた。

銀次の眉間にも一瞬、皺が刻まれたが、すぐに辰吉に笑顔を向けた。

「情けねェ岡っ引きだと思うだろ？　辰っつぁんの訊ねる気持ちはもっともだ。手前ェでも、この癖をどうにかしてェと思っているんだが、どうにもならねェ」

「申し訳ありやせん、余計なことを」

「青物屋、全く手前ェは余計なことを言う奴だ」

政吉は客になっている辰吉に構わず言いたいことを言っていた。

「最初のおろくは妹だった。血を分けた親兄弟のは切ねェぜ。まるで手前ェの手足をもぎ取られるようでよ。そいつはわかるだろ？」

「へい。あっしも実の兄を病で亡くしてるもんですから、ようくわかりやす」

辰吉は殊勝に応えた。伊平が板場から顔を出して耳を傾けていた。政吉も、もう喋るのをやめて、じっと銀次の口許を見つめていた。

「実の妹だから泣きが入っても誰も何も言わなかった。そりゃあ無理もなかろうってものだ。ところが、その次からいけなくなった。死人はおいらにとっちゃ、縁もゆかりもねェ他人だ。しかも、こっちはお上の御用をしている身になった。さめざめ泣きが入っちゃ仕事にならねェ。わかっている。百も承知だ。だが、死人の顔を見ていると、そいつが生きて、息をしていた時の、しかも笑った顔がぽっと浮かぶのよ。おいらは、あたいは、三日前まで、十日前までこうしてました、となそうなると、もう駄目だ。もういけねェ。気がつくと、泣きの涙で皆んなに笑われているという様《ざま》よ」

銀次はそこまで言って俯いた。全くどうしていつもいつもそうなるのか、自分でも不思議だった。

「親方は、きっと人の命ってものが何よりも大事《でえじ》だと知っていなさるんだ」

辰吉はぽつりと呟いていた。

客がぽつぽつ立て込んで来たのを潮に銀次と辰吉は腰を上げた。辰吉は表に出ると、くどいほど銀次に礼を言っていた。

茅場町から八丁堀まで二人はまた肩を並べて歩いた。辰吉の方が銀次より背は高い。与力、同心の組屋敷が続く通りはひと気もなく、屋敷を取り囲む黒板塀が月明かりで漆《うるし》を掛けたように見えていた。堀割のせせらぎがほろ酔いの銀次の耳には快く聞こえた。

「あっしは泣きの銀次の噂ははなっから聞いておりやすが、韋駄天走りの方はこの眼で見ておりやせん。いってェ、親方はどれほどの足をお持ちなんで？」

酔いが辰吉に軽口を叩かせた。銀次は口許をふっと弛めた。

「何、辰っつぁんと同じぐれェの足だ。お前さんも毎日歩き廻るから、かなり足は達者だろ?」

「へい、足と力だけが自慢の種でさァ」

「ついでにおいらは細っこい身体つきだから、ちょいとこんなことができるのよ」

そう言って銀次は、いきなり傍の塀に飛び上がった。そのまま塀の上を小走りに歩いた。

「危ねェ、親方!」と辰吉が慌てて声を上げた。銀次は塀から門の上に移り、さらにまた続く塀の上を軽業師《かるわざし》のように伝って歩いた。銀次は半町ほど行った所でようやく塀から飛び下り、心配顔の辰吉に笑って見せた。

「辰っつぁんがそのかすからその気になったんだぜ」

「てえしたもんだ、さすが八丁堀の泣き銀だ」

「おいらはこの足が塀を飛び上がることができなくなった時に十手を返そうと思っているのよ。いいところ、後《あと》十年かな……」

銀次は少し荒い息をしてそう言った。

「その先は……」

「さてな、どうなるものやら」

銀次は他人事のように言った。本当にその先の自分が考えられなかった。弥助の年まで岡っ引きをしようとは思わない。思わないがしかし、年を取った自分というものの姿が想像できなかった。

「辰っつぁんは十年後はどうしているつもりだ？」

「はて、あっしですかい？　あっしもどうなるものやら見当はつきやせんが、表店に間口《まぐち》一《いっ》間《けん》の店でも持てりゃ、御《おん》の字でさァ」

「そいつァ、叶わぬ夢でもねェ。いや、辰っつぁんならきっとできるさ」

「ありがとうございます。親方にそう言って貰えるだけで何やら力が湧いて来まさァ」

「頑張れよ、おみつさんと坊主のために」

しゅんと辰吉が洟《はな》を啜り上げた。銀次と辰吉はそれきり黙って、塒《ねぐら》の裏店まで歩いた。

油障子を透かして仄かな灯りが並んでいる。

灯りが点いていないのは銀次の家と、料理茶屋に働いているおもんという年増の家だけだった。派手な笑い声は大工の女房のお熊だろう。辰吉はふっと笑った。

「全く、お熊さんの声は一町も先まで聞こえまさァ」

「そいじゃ……」

銀次は手を振って自分の家に入ろうとした。

「親方……」

下腹の所で手を組んだ辰吉が真顔になっていた。

「何んでェ」

「奢《おご》ってもらったから言うわけじゃねェんですが……」

「だから何んでェ？」

「あっしはみさごの政吉さんみてェに大した働きはできやせんが、だけど、親方、もしもあっしのような者でも力になってほしいことがあるんでしたら遠慮なく言って下さいやし。あっしは喜んで力になりやす。いや、是非にでも使って下さい」

「辰っつぁん……」

ぐっと来ていた。銀次は辰吉の肩を背伸びするような格好で叩いた。「そん時は頼むぜ」

銀次はそう言うと踵《きびす》を返して油障子の中に入っていた。辰吉が「お休みなさいやし」と、表から声を掛けた。

五

小伝馬町にある樋口道場は銀次が幼い頃から剣術の稽古に通った所である。勘兵衛が修業したあさり河岸の日川《ひかわ》道場とは流派の違いもさることながら趣を甚だしく異にしている。ひと口に言えば日川道場は武士の修業する場であり、樋口道場は町人相手の護身用の道場であろう。樋口道場の道場主、樋口喜兵衛は上州の出身者で、国許にいた時は百姓をしていた男である。江戸へ出て来た経緯《いきさつ》は定かに知られてはいないが、今は名主の仕事をする傍《かたわ》ら、大店の手代や番頭に護身用の剣術を指南していた。

喜兵衛は七十近くになる老人で、二人の娘は、すでに嫁ぎ、妻と二人暮しであった。

道場の跡継ぎもなく、このまま行けば樋口道場は潰れてしまうのだが、喜兵衛は大して意に介したふうもなかった。

もともと、江戸に馬庭念流《まにわねんりゅう》の道場がないことから近所の子供達に遊びがてら教えたことが始まりだった。その内、江戸で一時期、押し込みの類が多く発生して、大店の主人はその対策として手代、番頭に剣術を習わせるようになったのだ。

　銀次は馬庭念流の素朴さを好んだ。元来、野良仕事の傍らから生まれた剣法である。他の流派のように構えたところがない。土台、構えそのものがクワを握るような感じで威厳のかけらもないのだ。しかし、この見た目はへっぴり腰の構えこそ「無構《むかま》え」という馬庭念流の基本の姿勢であった。

　稽古をする者の恰好も浴衣や単衣を尻端折《しりっぱしょ》りしただけで、まともに稽古着など着ている者はいなかった。ヤットー、ヤトトー、と掛け声はまさに剣術《やっとう》であった。

　ひと試合済んでも席に戻るまで油断は出来ない。相手に背中を向けた拍子に後頭部をぽかりとやられることもあるからだ。その時の相手のやり方は卑怯ではない。これも馬庭念流「残心《ざんしん》」と称する技の一つなのである。

　銀次は偶然に馬庭念流を習い覚えたとは言え、この剣法が存外に実践的であったことを幸いに思っていた。

　他の流派では、竹刀を持っては強いが、いざ腰のものを抜いてとなると役に立たない者が多かった。勘兵衛のように免許皆伝の腕前になると話は別であろうが。

　銀次は三日に一度は樋口道場を訪れていた。

　その他に勘兵衛に誘われたら、あさり河岸の日川道場にも行った。神道無念流の勘兵衛は銀次と対峙するとやりにくそうな表情を見せた。若い頃なら勘兵衛の前に一も二もなく完敗していたものだが、長年の研鑽は銀次の腕を勘兵衛と五分に渡り合うほどに高めていた。銀次は稽古が好きだった。足腰の鍛練に励むことを厭わない。いや、お務め向きで十日も剣の稽古を休むと、銀次は不安になった。勘兵衛が自分を手下に置いているのは、何よりその腕と足を頼みにしているからだろう。銀次は勘兵衛の期待にいつも応えていたかった。韋駄天走りは銀次の天性のものと言うより銀次の努力の賜物であった。

樋口道場は和気あいあいの和やかな雰囲気がする道場である。町人が多いせいだろう。ここに来ると知った顔に出会うのも銀次の楽しみだった。「梅の湯」の音松、坂本屋の卯之助、万吉、鶴吉、呉服屋の手代、太物屋の番頭、皆、顔見知りだった。

世間話を交わしながら、竹刀を持っては誰しも真剣な目つきで一所懸命に稽古に励む。仕事の傍ら、短い時間しか稽古が出来ないので自然、熱が入るのだ。

しかし、その日の銀次はいつもと違っていた。稽古に集中しようと思えば思うほど、気持ちはあらぬ方向へといった。

銀次は辰吉と別れた後、弥助から預った金を持って坂本屋のお芳の所へ行った。

日が悪かったのだろうか。そう言えば昨日は三りんぼうだったな、と銀次は汗ばんだ竹刀を摑み直して思っていた。

明六つ（午前六時）から道場は稽古を始めている。日中は子供達の独壇場になる。町人達は仕事を持っているので朝早くか、夕方、店を閉めてから訪れるのだ。

銀次は朝稽古に来ることが多かった。稽古を終えてから湯屋に行くのが決まりだった。

卯之助は自分から「若旦那、お願いします」と言って来た。珍しいことだった。

卯之助は普段は丹念に素振りをして、相手を立てての稽古はひと試合するかしないかぐらいのものだった。何、腕が立たなくともいい、咄嗟の時の心構えだけ勉強できりゃ充分だ、と卯之助はいつも言っていた。

銀次は前夜、いつものように坂本屋の裏口からお芳のいる台所に顔を出した。夏場のことで煙抜きの窓は開いていて、戸口には簾《すだれ》が下がっていた。「おう」と気軽に声を掛けて銀次は中に入った。今日は泣きは入っちゃいねェぜ、などと軽口を叩く用意もしていた。その時、銀次は土間の隅の方で、お芳の抗《あらが》うような声を聞いた。銀次は土間にお芳と粂吉《くめきち》が何やらもつれ合っているのを見てしまった。粂吉は十八の若い手代である。銀次が坂本屋を出る頃は前髪の丁稚であった。手代になると通《かよ》いになるのも許されるのだが、粂吉は住み込みのままだった。

粂吉は銀次を見ると驚いた表情になり、挨拶もそこそこに奥に引っ込んでしまった。

「どうした?」と銀次が訊いても、お芳は「何んでもありません」と取りつく島もない態度だった。あれはどう考えても粂吉がお芳に言い寄っていた場面としか銀次には思えなかった。

無性に腹が立っていた。

その後の弥助の金である。仔細を話すのが面倒になって黙って受け取れと言ったが、お芳は理由のない金は受け取れないと突っぱねた。押し問答が続いた後で堪忍袋の緒を切らした銀次は、小判をお芳に向けてしたたか投げつけた。それが運悪くお芳の額に当たり、少し切れて血が滲んだ。

騒ぎに気づいて弟の庄三郎が台所にやって来て、泣き出したお芳と頭に血を昇らしている銀次を宥《なだ》めにかかった。

庄三郎はお芳の傷の手当をしてから内所に銀次を促した。

両親はすでに床に就《つ》いていたが、庄三郎の妻のお春が「お兄さん、お久《ひさ》しゅう」と笑顔で迎えた。お春は庄三郎の幼なじみで鳶《とび》の頭の娘だった。男まさりな性格で、気《き》っ風《ぷ》の良さは今でも変わっていない。それでも丸髷のお春はどことなく若妻らしさが匂うようになった。来年には子供が生まれるという。

庄三郎は茶の用意をしたお春に先に休むように言いつけた。その口調は一人前の亭主だった。銀次は心の中で苦笑していた。

しかし銀次にとって弟はいくつになっても弟だった。

銀次は小判の仔細を庄三郎に話した。庄三郎はそんな金なら尚更お芳は受け取らないだろうと言った。庄三郎はお芳が年季が明ける時まで預っておく、と言った。それは店の金の一部としてお芳に渡すことにした。それで金のことは丸く収まったが、庄三郎はお芳と所帯を持ったらどうかと切り出してきた。

「馬鹿言ってんじゃねェ」と銀次は笑い飛ばした。粂吉の野郎がお芳にぞっこんなのをお前ェは知らねェのか、と銀次は言った。

庄三郎は驚いた顔をしたが、「粂吉はまだ若い、所帯を持つ年じゃありませんよ」と自分も若い癖に妙に年寄りじみたことを言った。

「奉公人の動きには気をつけろよ。あらぬ噂が立っちゃ、坂本屋の看板に傷がつかァ」

銀次はそう言って腰を上げたのだが、庄三郎はその話を卯之助の耳に入れたらしい。

卯之助は竹刀を斜《はす》に構えて銀次に挑んだ。

全く、どうしてこう、馬庭念流とは格好のつかない構えなのだろうか。

卯之助は店のお仕着せの単衣を尻端折りして股の間から晒《さらし》の褌の垂れをのぞかせている。それはどうということもないが、膝を曲げたガニ股はいただけない。そう思いながら銀次もまた、同様の構えをしているのだ。それが相手の不意を突いて飛びかかる為に、一番有効な構えであるから仕方がなかった。勘兵衛は竹刀を正眼に構え、背筋をピンと伸ばす。もちろん、膝もすっと伸びて、その姿の美しいことはこの上もない。

武士の剣法と町人、百姓の剣法の違いであろう。銀次が馬庭念流の遣い手で知っている人物と言えば、堀部安兵衛であった。彼もまた、このみっともない構えで、元禄の頃、仇討ちを果したのかと思うと、銀次は滑稽な気持ちになると同時に何やらもの悲しい気持ちにもさせられた。

卯之助はテヤーッと頭のてっぺんから突き抜けるような声を出して銀次の頭上に竹刀を振った。今まで下向きだった竹刀が、卯之助が銀次に飛びついたと同時に銀次の頭上にあった。銀次はそれを、はっしと竹刀で受け留める。

卯之助はさらに銀次の竹刀を押し潰さんとばかり力を込める。「まだまだ」と、銀次は下から声を掛けた。卯之助は歯を喰い縛り、力を込めた。銀次は頃合を見て卯之助を突き離す。二人の間隔が最初に戻る。今度は逆に銀次が卯之助の頭上に竹刀を振う。卯之助が受け留める。それを交互に十回ずつ繰り返して、ようやく小休止に入った。

卯之助は膝を両手で掴んで呼吸を調えていた。だいぶ息が上がったようだ。

銀次もこめかみから汗の雫《しずく》を滴《したた》らせていた。

道場の床の間には「平常心」と書かれた掛け軸が下がっていた。道場主、樋口喜兵衛はその掛け軸を背にして、今はほとんど骨と皮ばかりとなった身体で、それでも矍鑠《かくしゃく》とした姿勢は崩さず、真剣な眼差しで門弟達の稽古を眺めていた。先生には長生きしてほしいと心底、銀次は思う。喜兵衛と出会わなければ今の銀次はないだろう。

半刻ほど稽古をしてから銀次は卯之助と一緒に道場を出た。銀次が湯屋に誘うと卯之助は素直に従った。

「店は大丈夫だろうな？」

歩きながら銀次が訊くと卯之助は旦那様に断って来ています、と応えた。旦那様とは庄三郎のことである。卯之助は銀佐衛門を大旦那と呼び、庄三郎は旦那様で銀次は若旦那と呼んだ。

いつのまにか庄三郎と自分の呼称が入れ替わっていた。

「昨夜《ゆんべ》のことを聞いたのか？」

「はい……」

卯之助は首の汗を拭いながら応えた。

「それで意見するつもりか？」

「とんでもない、わたしが意見するような筋のものじゃございませんよ。ただ……」

「何んでェ」

「旦那様のおっしゃるように、わたしもお芳と所帯を持ったらどうかと……」

「…………」

「もちろん、若旦那が坂本屋の看板を背負ってなさるのならお芳は勧めませんが、十手稼業をまっとうされるのなら、その方がよろしいかと……何しろお芳は岡っ引きの娘ですから若旦那の力になれる女だと思いますよ」

押し黙ったままの銀次が不機嫌になったのかと、卯之助は銀次の顔色を恐る恐る窺っていた。

「若旦那はまだ雛鶴《ひなづる》のことを……」

「おきぁあがれ、それは済んだことだ」

突然、卯之助の口から忘れかけていた名が出て、銀次は思わず声を荒らげた。動揺した自分に銀次自身が驚いていた。

「あいすみません、余計なことを申しました」

湯屋でも銀次は口数が少なかった。お芳はいい娘だと心底思っている。しかし、所帯を持つことを考えると、自分の中に逡巡するものが生まれるのはどうしてなのだろう。そういう銀次の胸の内を卯之助はすっかり見透かしているようだ。

惚れたはれたは七《しち》面倒臭ぇ、と逃げを打っているのは、卯之助の言ったように雛鶴のことが尾を引いているからだろう。湯槽の中で卯之助はゆっくりと手拭いを使っている。分別臭い表情だ。卯之助は女に本気でうつつを抜かしたことはないと言った。若旦那が羨ましいとも言った。雛鶴なしには夜も日も明けない様子の銀次に溜息混じりに卯之助が洩らした、それは卯之助の実感であったのだろう。

卯之助は銀佐衛門の世話で、取り引きのあった太物屋の女中と一緒になっていた。おまさという太りじしの女だった。今では子供も三人できて卯之助も落ち着いている。

子供達に銀次は一度だけ会ったことがある。正月の仕度でおまさと浅草に買物に来ていた時、見廻りの途中の銀次とばったり出くわしたのだ。おまさの躾《しつけ》が行き届いているのか、子供達は皆、銀次にしっかりとした挨拶をしていた。

卯之助の家庭は円満に見える。それでも卯之助が一度だけでいいから焦《こ》がれるほどに女に惚れてみたかったと言ったのは銀次にわかるような気がした。けれども卯之助は、そういう機会が与えられたとしても女に溺れることはできないだろうと銀次は思う。

坂本屋の一番番頭としての自分の立場、年齢、世間体、そういうものに卯之助は縛られている。そして卯之助はそういうものを大事に思う人間でもあった。もしかして、銀次に好意的であるのは以前の五両のせいではなく、自分の叶えられないことを銀次がやって来たからなのかも知れない。

「また余計なことをと若旦那に叱られそうですが……」

卯之助は額に湧き出た汗を骨太い指で拭い、湯槽の中の銀次に向き直った。灯り取りの窓から陽は差しているものの、中は仄暗い。湯の中では外が晴れているのか曇っているのかさえ定かにはわからなかった。桶を置く音が甲高く響く。端唄、浄瑠璃、流行の一中節《いっちゅうぶし》。相も変わらぬかまびすしい湯屋の光景が銀次の視界の中にある。卯之助を振り返った銀次の眼が潤んでいた。額の筋肉をわずかに持ち上げて卯之助は口を開いた。

「今でも雛鶴、いや丸屋《まるや》の御新造さんはうちの店の品を使っているんですよ。注文を受ける度にわたしが持って行ってます」

「そうかい……律儀なこって……」

「吉原にいた頃は若旦那がいつも土産になさっていたから、いざ自分が身銭を切るとなると結構な額になるので大変だと笑っていらっしゃいました。あの人も……そうですね、三十過ぎましたか？」

「三十三だ」

「……そうですか……貫禄が出て相変わらずきれェでいらっしゃいますよ。男の子が一人います。先のお内儀さんの子供が四人で、何んとかやっているようです。品物を持って行く度に若旦那のことを訊いてきます。まだ……独りなのかと……」

「上がるぜ」

銀次は勢いよく湯槽から立ち上がっていた。

「若旦那」

卯之助の銀次を呼ぶ声が反響して聞こえた。

洗い場にいた五、六人の男達が一斉に銀次を見た。卯之助は男達のその眼に気圧され、後の言葉を飲み込んでしまった。

「わかってるよ、うの、心配するねェ」

銀次は振り返って卯之助に笑って見せた。

銀次は湯屋の前で卯之助と別れ、勘兵衛の役宅へと向かった。

過ぎ去った思い出が銀次を捉えていた。雛鶴という名を聞かされて、昔のように尻が浮き上がるようなことはないが、懐かしさは込み上げる。かつては自分の気持ちが火傷《やけど》しそうに熱く思えていたけれど、今は薄い水色の紗《しゃ》を掛けたようにひんやりとして銀次の胸の内にあった。若かった、自分も雛鶴も……

吉原は総籬《そうまがき》、大文字屋の番頭新造だった雛鶴と浮名を流したのは、今から十年も前になる。

遊びがおもしろくなった頃のことで、仲間と示し合わしては吉原に繰り出すことばかり考えていた。雛鶴とは、目当ての花魁に袖にされて、代わりに相手をしてくれたのが縁だった。一つの見世で馴染みになると他の女には鞍替えできない。それが客と遊女のしきたりだった。同じ見世で他の遊女に色目を遣った日には女達から総スカンを喰わされるのだ。

雛鶴は銀次より五つも年上の女だった。

最初は銀次を子供扱いしていたが、馴染みを重ねる内にお互いに年のことは気にならなくなっていた。

惚れたということだろう。滅法、酒の強い女で銀次と飲み比べしても遜色はなかった。

今は新川の酒問屋に後妻に入っていた。雛鶴のことを考えると、それはまるで洒落《しゃれ》のようだと銀次は思う。酒蔵が一つ、雛鶴のために空になるだろうと。けれど、卯之助の話によると後妻に入ってからの雛鶴は、ほとんど酒は飲まないらしい。

店の品物に手をつけないという殊勝な心掛けなのか、それとも、もともと酒は好きな質《たち》ではなかったのか、銀次にはわからない。

銀次の気を惹くために飲んでみせていたとしたら、銀次は雛鶴の心が寂しい。結局、大店の放蕩《ほうとう》息子を宥めてあやしていただけなのかも知れない。

だから、岡っ引きになるという銀次に「わっちは貧乏は嫌やざます」と所帯を持つ話を断った。薄情、情なしと悪し様《あざま》にののしった銀次に、雛鶴は「何んとでも言いまっし。大店の跡継ぎを棒に振って、岡っ引きに身を落とす、ぬしの心根が知りいせん。何が不足で、何が悲しゅうて……」と、袖で顔を覆っていた。

結局、女も金で動くのかと銀次は無性に腹を立てたものだが、今の銀次には雛鶴の気持ちがよくわかる。貧しい生まれの雛鶴にとって銀次の選択はあまりに無謀なものに思えたのだろう。

八丁堀沿いを銀次は雛鶴の思い出を噛み締めながら歩いた。陽射しはまだ五つ（午前八時）前だというのにかッと焼けつくほどに強い。この調子では昼前には相当の暑さになりそうだった。銀次は顔をしかめて天を仰いだ。口許が自然に歪んだ。

しかし、強い陽射しにはお構いなしに、通り過ぎる人々は皆、急ぎ足だった。

夏の一日——

思い出されるのは廓のひと部屋から眺めた遠花火。あれは両国の川開きの時だったろうか。

雛鶴は子供のようにはしゃいでいた。

――ご覧なんし、きれェだこと……ほんにわっちは花火が好き。ぱっと咲いてぱっと散る、いっそ潔いざます。それ玉屋ァ、鍵屋ァ……

くすぐられるような雛鶴の声を銀次は今でも覚えていた。けれども、あれほど惚れた女の顔は朧《おぼ》ろである。雛鶴はどんな眼をしていたろうか。ちんまりと白い顔の輪郭しか思い出せない。

肩を抱いた時、どのような手応えであったのかも。それでいて、淡い下腹部の茂みだけは確実に銀次の眼の裏にあった。

おれは雛鶴のそこばかり見ていたのだろうか。苦笑と悔恨がないまぜになった。

と、胃の腑にチクリと痛みが走ったような感覚を覚え、銀次は道の先に眼を凝らした。定斎屋《じょうさいや》が小引き出しの取っ手をカタカタ鳴らして歩いて来るのが見えた。その後ろから白《しろ》絣《がすり》の着物の男が歩いていた。銀次の岡っ引きとしての反応は、頭より身体の方が先になる。叶鉄斎であった。袴を着けない着流しで、手には書物の包みらしいものを持っていた。着物の白が鉄斎の顔に良く映っている。吸い込まれそうな眼だ。強い陽射しにもかかわらず、汗を掻いている様子もない。まっすぐに前を見つめて下駄の音もさせない確かな足取りで歩いていた。

銀次は平静を装って鉄斎と擦れ違った。擦れ違いざま、鉄斎から微かに伽羅《きやら》の香が匂った。五、六歩進んでから銀次は振り返った。

着物の背縫いが見事にまっすぐ、鉄斎の背中を走っていた。理由のわからない恐れを銀次は覚えた。お前はおれの妹を殺《や》ったのか？　そう訊いてみたい衝動に駆られていた。

銀次の心の呟きが聞こえたのだろうか。鉄斎は銀次を振り返った。慌てて眼をそらしたが、鉄斎はその拍子にふっと笑ったような気がした。声を掛けられるのかと銀次は緊張した。しかし鉄斎はそのまま歩いて行ってしまった。

半町ほど歩いて銀次はどっと汗が流れた。

自分はこの人物に対抗できる器量をまだ持ち合わせていないと思った。


勘兵衛の役宅に着くと、銀次は裏口から声を掛けた。引戸は開け放され、奥の方から女の声で返答があった。

勘兵衛の妻のうねめがトロリと柔かい微笑を湛えて銀次を出迎えた。きっちりと着付けた着物に丸ぐけの帯締めの白さが際立っていた。さして眼に立つ装いはしていないのだが、うねめの美しさは際立って見える。いつも顔を見せる女中は買物にでも行っているのか姿が見えない。

うねめは町同心の娘で、勘兵衛と一緒になるまで、さる旗本の屋敷に奉公に上がっていた。立居振る舞いに気品が感じられる。吉原にいたら確実にお職を張るだろう、と時々銀次は不謹慎に考えた。素顔のうねめは吉原の花魁のような気位の高さはない。銀次が坂本屋の化粧品を土産にすると、「あら、嬉しい」と若い娘のようにはしゃいだ声を上げる。うねめはどこか大人になり切れないところが感じられる。そこに勘兵衛が惹かれた理由でもあるのだろう。銀次はうねめに促されて縁側の隅に腰を下ろした。

勘兵衛は出入りの髪結いに髪を結わせているところだった。日髪日剃りは同心の習慣でもあった。

髪結いが髷の刷毛先を鋏でパチリと切り落し道具を片付け始めると、勘兵衛は単衣《ひとえ》の前を直して銀次に向き直った。

「昨夜、押し込みがあった」

「………」

遅れを取ったかと焦る銀次に、「届けがあったのは今朝になってからだ」と勘兵衛は言い添えた。

「賊は店の者が取り押さえて自身番に突き出したので大事はなかったそうだ」

「よかったですね」

「ふむ。これからちょいとその店に廻る」

「へい」

「新川の酒問屋で丸屋という店だ」

あ、と銀次は思った。雛鶴の嫁いでいる所ではないか。今の今まで、雛鶴のことを考えていたことが、まるで予兆のように思われた。

「何んだ？」

押し黙った銀次に勘兵衛は訊いた。そしらぬ表情だ。しかし、眼が笑っていた。

「いや、何んでもありません」

「ちょいとな、引っ掛かることもあるのよ」

「と言うと？」

「賊の一人がな、奉公人に紛れ込んでいた」

「………」

「こいつァ、これだけじゃ済まねェな、と思うわけよ。仲間がまだいそうだ」

「次の押し込みも起きるんじゃねェかと、旦那は考えているんですかい？」

「相変わらず勘がいいな」

勘兵衛は庭の植木にチラリと視線を走らせてふっと笑った。庭木の手入れが勘兵衛の唯一の趣味であった。さして広くもない庭だが、梅、桜、躑躅《つつじ》、松、紅葉、木瓜《ぼけ》と季節ごとに眼を楽しませてくれる。手水《ちょうず》のそばには南天も植わっていた。冬は雪に映える南天の赤い実が美しい。銀次は炎天の陽射しの中で、その風景を思った。

「しかし、丸屋ではよく、賊を取っ捕まえることができたものだ。なに、お内儀の機転だぞうだが」

勘兵衛は肩の凝りをほぐすように首をゆっくり回して言った。

「丸屋の御新造《ごしん》さんは吉原の番頭新造《ばんしん》をなさっていたそうですよ。頭も切れるし、それに大層おきれェな女《ひと》ですって」

髪結いを送り出して、うねめが盆に茶をのせて戻って来ると、銀次と勘兵衛の前に湯呑を置いて言った。

「そんなことは、銀次も先刻承知之助《しょうちのすけ》よ」

勘兵衛は埒《らち》もないというように吐き捨てた。

「あら、そうですか」

うねめは鼻白んだ表情をした。

「うねめ、いいこと教えてやろうか、丸屋のお内儀は昔、銀公の敵娼《あいかた》だったんだぜ」

「あら、まあ……」

うねめの瞳が輝いた。悪い趣味だ、と銀次は思った。人の昔の色恋に興味津々の様子は。

「わかった、それで銀次さんはその御新造さんが忘れられなくて今でも独り身を通しているのね」

「よして下さい、済んだことですから。旦那、もう勘弁して下さい」

銀次はほとほと閉口して言った。

「なあ、銀次。お前ェそろそろ十手を返す気にはならねェか？」

突然、勘兵衛はあらぬことを口走った。銀次は眼を剝いた。勘兵衛は庭の方へ眼を向けた。銀次の強い視線を避けていた。うねめも驚いて言葉を失っていた。

「とんでもねェ……」

押し殺した声で銀次はようやく呟いた。

「お前には散々世話になってこんなことを言うのは何んだが……」

「旦那……」

「あなた、馬鹿なことを」

「お前は黙ってろ！」

勘兵衛はうねめの言葉を強い口調で制した。

「俺の伴についたばかりに、お前ェは人並みに所帯を持つこともできねェ」

「旦那、それはおいらの勝手で……」

「黙って聞け。お前ェは地女には興味がないらしい。だからと言って、岡っ引きが吉原のきれい所と一緒になる話はとんと聞いたことがねェ。落籍料を都合する器量は今のお前ェにゃ、できない相談というものだ……勘当を解いて貰って、坂本屋の看板をもう一度背負《しょ》ってみねェ。女なんてよりどりみどりだ」

「旦那、おいらはお芳と所帯を持つつもりです……まだ、お芳には言っていませんが……」

「本当か?」

勘兵衛は真顔になって銀次に訊ねた。お芳の名がするりと口をついて出た。言ってしまってから銀次は、本当にそれが一番良い方法に思えてきた。それしかない、と思った。

「それならいい……わかった、出かける」

勘兵衛は腰を上げた。うねめが安心したように笑顔になった。

六

世の中に下戸の建てたる蔵もなし……

新川は八丁堀の隣り町にあった。永代橋から川下の河岸にかけて、白壁の土蔵が立ち並ぶ。

江戸っ子の諺《ことわざ》をあざ笑うかのような景観である。舟着場には毎日のように全国各地からの酒が届く。土蔵の中は巨大な銚子となって酒を満たしていた。

新川は酒問屋が集まった町だった。丸屋はその町の一郭にあった。町に足を踏み入れると、甘だるい麴《こうじ》の匂いが鼻をついた。夏の陽射しに蒸されて、銀次は飲んでもいないのに酔った気分になった。周りが酒ばかりと思うせいだろう。

丸屋の店先には日除け幕が張られ、丁稚がせっせと打ち水をしていた。人垣が出来ているのは、押し込みのことが近所の人々の耳にも入ったからだろう。

勘兵衛と銀次が店に入って行くと、手代、番頭が一斉に顔を上げた。すぐに主の丸屋五平が愛想のいい顔をさせて内所から出て来た。

五十二、三という所だろうか。横鬢に白髪が目立つ。雛鶴よりかなり年上の男だった。とは言え、雛鶴も結婚した当時は二十三、四で、いい加減、薹《とう》も立っていた。年寄りの後妻の口ぐらいしか落籍してくれる所はなかっただろう。

五平は店座敷の隅に勘兵衛と銀次を促し、深々と一礼した。

「お務め、御苦労様でございます」

五平は筒袖の上着にたっつけ袴《ばかま》という恰好で、問屋の主人と言うより、職人の親方という感じだった。皺深い丸顔に真摯《しんし》な眼があった。銀次はその眼を見て、今の雛鶴の幸福を確信したような気がした。

「店の者が賊とつるんでいたという話だが、いってェ、どんな按配なのか、ちょいと仔細を訊きてェと思ってな」

勘兵衛がそう言うと、五平は額をつるりと撫で上げて「申し訳ありません、奉公人に眼が行き届きませんで。治助《じすけ》という手代は、知り合いの世話で店に入れたのですが、これが、とんだ喰わせ者でございました。真面目な男で最初は手前どもも喜んでいたのですが……治助は元はお武家で、山陰は石見《いわみ》の国にある、さる藩に仕官していたのです。手前には、詳しいことはわかりませんが、その藩がお取り潰しになり、治助たちは江戸にやって来たらしいのです」と言った。

五平は澱《よど》みなく言葉を繋いでいた。店の中は仄暗い。人足がひっきりなしに荷を担ぎ込んでいた。人足は褌ひとつで、捩《ねじ》り鉢巻きをしているだけだった。壁際には大小様々の樽が積み上げられ、それは店の奥の方まで続いている。銀次は勘兵衛と五平が話をしている間に太い梁《はり》を組んで建てられている店の内部を興味深く見回していた。そこへ紺の暖簾を掻き分けて縞物の単衣に前垂れを着けたお内儀が茶を持って現れた。

「雛鶴……」と声が出そうになったのを銀次は辛うじて堪えた。雛鶴、いや、今は丸屋のお内儀、おりんも銀次の視線に気づいて居心地の悪いような表情になった。

「おいでなさいまし」

おりんがそう言うと勘兵衛は何気ないふうを装いながら、おりんの顔やら身体つきやらを遠慮のない眼で眺めた。

「女房のおりんでございます」

五平は相好を崩しておりんを紹介した。五平の自慢の一つでもあるのだろう。若く、美人の妻が。

「噂には聞いておりましたが、なかなかお美しい」

勘兵衛は慣れない世辞を言った。

「ところでお内儀さん、あんたはどうして賊に気づいたのか、詳しい話をしてくれねぇだろうか」

「あい……」

おりんは治助が夜な夜な出かけることを不審に思っていた。若い男のことだから店を閉めた後で遊びの算段をするのに目くじら立てるつもりはなかったが、それにしては帰って来てからの治助の表情が暗かった。これは遊びではない何かがあると、番頭新造（それは口にはしなかったが）で鳴らした勘を働らかせて思っていた。丸屋は旗本御用達《ごようたつし》の店でもあったので、相当の金が動く。治助が月末に金が入ったことを帳場で確かめているのをおりんは間もなく見ることになった。

そして事件当夜、治助は店が閉められた後でいつものように外に出て行った。だが、存外早い時間に戻り、珍しく手土産など持っていた。本所の両国広小路の茶店で売られている粟《あわ》餅《もち》だった。店の皆に振る舞ってくれと治助は言った。おりんは治助が本所まで足を延ばしたにしては時間が掛かっていないことを怪しんだ。茶を淹れるふりをして、そっと粟餅の包みを台所に持って行き、その一つを飼い猫に与えた。果たして猫は身体を痙攣《けいれん》させて口から白い泡のようなものを吐いて動かなくなった。おりんは恐ろしさに歯の根も合わなくなったが、それでも気を取り直して奉公人が寝泊まりしている部屋に行き、震えながら事情を説明した。半裸に近い恰好の男たちは賽子《さいころ》で遊んでいた。野太い唸り声を上げて階下の治助のもとへ集まり、すぐさま袋叩きにした。数人が外へ出て、様子を窺っていた治助の仲間も即座に捕まえた。

おりんの話はおおよそ、そのようなものだった。

「てえしたものだ。こいつァ、お内儀さんのお手柄だ」

勘兵衛は大袈裟でもなくおりんを褒《ほ》めた。同様に肯いた銀次におりんは頬を染めた。

「治助は石見《いわみ》銀山《ぎんざん》を粟餅の中に入れたのでしょう。石見銀山は治助の国で採れる猛毒です。店の者を皆殺しにしてから金を奪う算段をしていたのです。恐ろしい男です」

五平はそう言って顔をしかめた。

「大事がなくてよかった」

勘兵衛がそう言うと五平は「全く……」と相槌を打った。事情がわかった勘兵衛は口書が出来たら五平の爪印を貰いにもう一度来る、と言って腰を上げた。

「表さま……」

五平が縋《すが》るような眼をした。

「手前どもにもお叱りをいただくことになりましょうか？」

「ふむ。本来なら奉公人の監督不行き届きということで店の主人もお叱りをこうむるところだが……この度はお内儀の機転、あっぱれなものがある故、おれはよしなに計らいたいと思うが、いかがかの？」

「ありがとう存じます、これ、あれを……」

五平は後ろに控えていた中年の番頭に顎をしゃくった。番頭は慌てて帳場から渋紙に包んだものを取り上げ、五平に渡した。五平はそれをうやうやしく勘兵衛に差し出した。

「そうか、済まぬの」

勘兵衛はそれを悪く遠慮せず、かと言って、ものほしげな様子も見せず、いつもの、さり気ない仕種で受け取った。袖の下である。

おりんは俯いて銀次にはひと言も声は掛けなかった。


「いい女だ……」

外に出ると勘兵衛は銀次の顔を見てそう言った。

「旦那、からかうのはもうよしにしましょうや」

「未練はねェのか?」

「そんなもん、ある訳もござんせん。十年も前の話ですから……」

「そうか……お前ェが惚れるだけの女だった。極上上吉《ごくじょうじょうきち》の玉だ」

「…………」

二人が一町ほど歩いた時、後ろから足音が追い掛けて聞こえた。振り向いた銀次は「あッ」と思わず声になった。おりんが徳利を抱えて裾を乱すのも構わず走って来ていたのだ。

「若旦那、待って……」

勘兵衛は「先に行ってる」と言って銀次をその場に残した。

「この暑いのに走ったりするな、みっともねェ」

銀次は照れ隠しにおりんにそう言った。

「あたし、このお酒、若旦那に飲んで貰いたくって……」

「酒に不自由はしてねェよ」

「そうじゃない、このお酒、うちの店で一番おいしいの。ずっと若旦那に飲ませたいと、あたし思っていたの」

おりんは鼻の頭にけし粒のような汗を浮かべて言った。

「御亭《ごてい》に変に思われるぜ」

「あの人、知ってるのよ、あたしと若旦那のこと」

「………」

「だからいいの、飲んで」

おりんは一升徳利を押し付けるように銀次に渡した。徳利の口は渋紙で覆われていた。銀次は黙って受け取り、ちょいと顎をしゃくった。

「本当に岡っ引きになっちまって……」

おりんの声が湿っぽく聞こえた。

「お前ェは酒はやめたそうだってな？」

「ええ、家で飲んでも酔えないもの。酔えない酒なんて……切ないだけ……」

「………」

「じゃ、あたしはこれで……」

おりんは頭を下げると踵を返した。

「雛鶴、お前ェ、倖せだろうな?」

銀次は重そうに見える丸髷のおりんに訊いた。昔は婀娜《あだ》な横兵庫だったと銀次は思い出していた。

「ええ、でも、昔だって滅法界もなく倖せでしたよ」

「お前ェは幾つになっても相変わらず人を持ち上げるのがうめェや」

銀次の言葉におりんは振り返った。膨れ上がるような涙が湧いていた。

「あたし、今は不自由のない暮しをしています。あの時、あたし、岡っ引きになるという若旦那を心の中で笑っていたのよ。馬鹿だと思っていたの。あたし、間違っていたのね。今の若旦那を見てそう思う。若旦那はあの頃よりずっと男前になっている。若旦那は生きたいように生きているんですね」

「御大層な文句を並べる。おいらがこうしているのは成り行きよ。かいかぶるんじゃねェよ」

「地蔵橋の泣き銀が若旦那だってわかった時、あたし、正直言って丸屋に嫁に来たことを悔やんだのよ」

「雛鶴、いけねェ考えだ。御亭はいい人だ。おいらは所詮、けちな岡っ引きよ。くよくよしねェで達者で暮しな。皺が増えるぜ」

銀次はおりんに笑って見せた。

「お酒、いつでも言って。好きなだけ差し上げますよ」

「豪気に言うよ、さすが新川の酒問屋だ」

おりんは銀次の言葉に笑ったが、そっと涙を着物の袖で拭いていた。路上の立話は人目に立つ。おりんは頭を下げると背中を向けた。

肩を落とした後ろ姿は銀次の眼には、やけに寂しく感じられた。渡された徳利は持ち重りがした。


勘兵衛の屋敷で銀次はその日、晩飯をよばれた。おりんの酒を一人で飲む気にはなれなかった。それで勘兵衛の所に届けると、ついでに飲んでゆけと誘われたのだ。

うねめの手料理は久しぶりに銀次に家庭の味を思い出させていた。晩飯には勘兵衛の息子の慎之介も顔を揃えた。慎之介は十五歳で、見習い同心として奉行所に務めていた。

うねめによく似た顔立ちをしていたが、年頃になると不思議に勘兵衛と瓜二つになって来た。勘兵衛は慎之介の手前、丸屋のおりんについては触れなかった。その分、うねめが不満そうな表情をしていた。なに、寝物語にでも訊くのだろう、と銀次は心の中で独りごちた。酒はおりんの言葉通り、芳醇な香りがして、しかも後口が良かった。勘兵衛に酒の銘柄を尋ねられたが銀次は答えられなかった。二人とも昔の自分達に浸っていて、酒の名など頓着する余裕がなかった。今度逢った時にでもおりんに訊いてみる、と勘兵衛に言ったのだが、銀次は心の中でその機会はないだろうとなぜか思った。

今まで漠然とおりんの姿を思い出している時が銀次にはあった。そのおりんは大文字屋の番頭新造の時の雛鶴であった。商家のお内儀になったおりんに失望した訳ではない。おりんは相変わらず美しかった。二十三のおりんが順当に三十三のおりんになっていた。

けれども今のおりんに銀次は惹かれるものはなかった。悪し様に罵《ののし》り合って無理矢理別れた十年前は怒りが銀次の胸を一杯にしていた。今は何も感じない。思い出だけが記憶の底にある。自分は本当に雛鶴をいとしんでいたのかさえ、定かに確信できないような気持ちであった。

およそ五合の酒を空にすると銀次は勘兵衛の屋敷を出た。帰りしなにうねめは「子ども騙しみたいだけれど……」と言って風鈴をひとつくれた。殺風景な裏店の軒先にでも吊ったらよかろうとの配慮だろう。銀次はありがたく頂戴して表に出た。

手にした風鈴は涼やかな音色を立てた。鈴を外せば釣《つ》り忍《しのぶ》にして年中、眼を楽しませてくれるだろう。しかし、裏店の塒《ねぐら》の窓から所在なげにそれを見つめる自分を想像して銀次は顔をしかめた。いかにも侘しい。

　銀次の足は自然、小伝馬町に向かっていた。

　お芳の顔が浮かんでいた。


　坂本屋はようやく晩飯が済んで、台所はお芳と通いの女中のお増が後片付けの真っ最中だった。お増は愛想をしたが、お芳はひょいと頭を下げただけで、取りつく島もない態度であった。昨夜のことをまだ怒っているのだろうと思い、しばらく台所の座敷に腰を下ろしていたが、顔を出した卯之助に無理やり内所に引っ張られた。

　銀佐衛門と母親のまつは銀次の姿を認めるとほうッと溜め息をついていた。

「どうも、すっかり御無沙汰しちまって……」

　銀次がそう言うと、まつは細い声で「銀さんが他人行儀な挨拶をしているよ」と言って笑った。隣りに座っていた銀佐衛門も相槌を打って、歯のない口許でほっほと笑った。二人ともすっかり小さくなって、御伽《おとぎ》話に出てくる翁《おきな》と嫗《おうな》のようだった。銀次が子供の頃の銀佐衛門は手練《てだ》れの商人であったし、まつは奉公人にはきついところもあるお内儀であった。

　店を子供に譲って隠居の身分がそうさせるのか、二人から賢《さか》しいものは、すっかり失われていた。銀次にはそれが寂しいと感じられた。

「二人とも達者じゃねェか」

銀次はわざとぞんざいに言って胡座《あぐら》をかくと、まつの煙管《きせる》を手に取って一服点《つ》けた。昔はそうして母親の煙管を気軽に使うのが銀次の習慣だった。常《つね》の銀次は煙草を喫わない。

「金に不自由してないかえ?」

薄青い煙を吐き出した銀次にまつは訊いた。

髪の量が随分と減った、と銀次は思う。しかし、身仕舞いは相変わらず、きっちりとしていた。庄三郎の妻のお春が面倒を見ているからだろう。白髪混じりの髪はほつれ毛一本なく、砂糖ででも洗っているように艶があった。母親が幾つになっても綺麗にしているのは子供にとって嬉しい。久しぶりの煙草に銀次はむせた。激しく咳き込みながら、銀次は煙草のせいではない涙を眼の端に溜めていた。まつは銀次の背中を撫でさすりながら、これも笑いながら涙をこぼしていた。銀佐衛門まで目頭を押さえている。

どうやら泣き虫は親譲りらしい、と銀次は心の中で呟いていた。店を閉めて内所に戻って来た庄三郎と腹の膨らみが目立つお春も交えて、久しぶりに家族水入らずで、当たり障りのない世間話に花を咲かせたつもりだった。

六畳の内所がやけに狭く感じられた。銀次は自分の塒《ねぐら》が時々だだっ広く思うことがあった。地蔵橋の裏店は六畳と三畳のふた部屋に流しのついた土間があるだけなのだが。

半刻ほどで銀次は暇乞いをしていた。十年も家から離れていると、不思議なもので敷居が高く感じられてならない。今では裏店にいる方が気持ちは安らいだ。最初の頃、裏店の住人達と共同で使う後架で満足に用も足せなかったのに。習慣とは恐ろしいものである。

お芳は台所の座敷の真ん中に座っていた。入り口に背中を向けた格好だった。襷《たすき》も取らず、煎餅《せんべい》を齧《かじ》っている。煎餅は湿気《しけ》ているのか、お芳は喰い千切るような食べ方をしていた。銀次は笑いが込み上げていた。いかにもお芳らしい。

「おう……」

お芳の背中に声を掛けると、お芳は身体をギクリと振り返った。

「ああ、驚いた。脅かさないで下さいましな」

「何んだってそう、しゃちほこばって煎餅を喰わなきゃならねェのよ」

「お増さんに昼前に貰ったんですけどね、食べるのを忘れていたんですよ。気がついた時は、すっかり湿気ちゃって……今日は水仕事が多かったものですから。捨てるのも何んだから無理して食べていたんです……あら嫌やだ、変なところ、若旦那に見られちゃって」

「おかしな女だ」

銀次は白い歯を見せてお芳の前に腰を下した。お芳の額には小判を投げつけた痕《あと》が紅筆で刷《は》いたほどにうっすらと残っていた。その痕を見て銀次は胸がツンと痛んだ。

「昨日は乱暴して済まなかったな」

銀次はお芳の額の傷にそっと手を触れて言った。

「とんでもない……」

お芳は銀次の手を避けるように膝をずらして応えた。

「謝るのはあたしの方ですよ……あのお金、お父っつぁんから預ったのでしょう？　あたしったら、何を勘違いしたものやら」

「誰に訊いた？」

「番頭さんが後で教えてくれました」

卯之助のことである。銀次は苦笑して外の闇に眼を向けた。夜になっても暑さは衰えない。開け放した戸の向こうに蛍のか細い光が見えた。蚊遣《かや》りの煙に燻《いぶ》されて、羽虫が薄べりの上にひとつ、ふたつと落ちていた。お芳は羽虫に頓着する様子もなく残りの煎餅を齧った。

銀次の持って来た風鈴が軒先に下げられていた。

「あの風鈴、若旦那がお持ちになったのですね」

「ああ、表の旦那の奥方に貰ったんだ」

「お帰りの時にはお忘れにならないように」

「いらねェよ。お前ェにやる」

「…………」

お芳は嬉しいのか嬉しくないのか煎餅を齧っているばかりだった。

間が保《も》てなくて銀次は口を開いた。

「粂吉ァ、お前ェに惚れているようだが……」

銀次がそう言うと、お芳は手を止めて「馬鹿をおっしゃらないで下さい」と少しむっとした様子で吐き捨てた。

「だけど、昨夜はやけにお前ェに御執心という態《てい》だったぜ」

「若旦那……」

お芳は煎餅を口に押し込めてぷりぷりして銀次に向き直った。銀次はお芳に茶の入った湯呑を笑いながら差し出した。お芳はそれを受け取ると、ひと息で飲み干した。

「粂吉さんはこの頃、夜遊びが過ぎるんですよ。毎晩のように遅く帰って、起こされて、いちいち裏口の戸を開けるのが迷惑だと意見してやったんです。そしたら、あたしの物言いが生意気だと、反対に剣突《けんつく》を喰らわせて来たんです。若旦那ったら、何か勘違いしてますよ」

「妬心《じんすけ》起こしちまったらしい」

「………」

お芳の丸い眼が大きく見開かれた。呆気に取られたという表情になった。

「……ご、御冗談を……」

「冗談だと思うのか？　おいらの話にゃ実《じつ》がこもらねェのは昔からだ」

銀次は真顔になっていた。そんな話を切り出したのは、雛鶴のことやら、勘兵衛に所帯を持てないようなら十手を返せ、と脅されたせいかも知れなかった。いや、本当に決心させたものは、お芳に自分以外の男が言い寄っている現場を見せつけられたことだろう。嫌やだ、それだけは嫌やだと切実に思った。

「もしも、若旦那が今でも坂本屋にいらしたら……あたしにそんな気持ちを持ったかしら」

お芳は銀次の視線を避け、軒下の風鈴を見つめながら小首を傾《かし》げて言った。風鈴は時々、チリンと可憐な音色を立てた。

「持たねェだろうな、十中八、九」

「それはどうしてです?」

「さあ……どうしてだろうな」

本当は様々な理屈をつけられたのだが、お芳があんまり真面目に自分に問い掛けてきたのではぐらかしてしまったのだ。

「骨の髄まで岡っ引きになっちまって……」

お芳は皮肉な言い方をした。

「何んだと?」

かッと頭に血が昇った。甘い気持ちは冷水を浴びせられたように即座に冷えた。

「岡っ引きに悋気《りんき》を起こしてもらっても、あたしは嬉しかありませんよ」

「……………」

「前から言ってるじゃありませんか、あたしは岡っ引きなんて嫌いだって」

「わ、わかったよ、何んでェ、手前ェは坂本屋の倅《せがれ》だから今まで仕方なく面倒を見ていた、と言いてェわけだ」

「……そうね、それはあるかも知れないわ」

ちッと銀次は舌打ちしていた。

「でも、一番解せないのは今頃になってそんなことをおっしゃる若旦那自身ですよ。おおかた……」

「何んでェ」

「昨夜、新川の丸屋に泥棒が入ったそうですってね。あそこの御新造さんは昔、若旦那と大層な仲だった……知っていましたよ」

「弥助に聞いたのか？」

「お父っつぁんに限りませんよ。誰だって若旦那の廓通いを知らない者はおりませんよ。それを、あたしみたいな者に悋気を起こしたと気まぐれに言っても、誰が本気に取るもんですか。あたしはこんなお多福だし……」

「もういい、やめろ。悪かったな、気まぐれ起こしちまってよ。だがよ、お前ェも情の強《こわ》い女だぜ。岡っ引き、岡っ引きと馬鹿にするが、お前ェのおっ母さんがあんなことになるまでは、お前ェはその岡っ引きの稼ぐ金で喰わして貰ったんだろうが……」

銀次が悔しまぎれに悪態をつくと、お芳は思わず丸い瞳から膨れ上がるような涙をぽろりとこぼした。あ、と銀次は気づいて、言った言葉を後悔した。

「そうよ、あたしはその嫌やな岡っ引きの娘よ。あたしが岡っ引きのてて親を憎まなきゃ、おっ母さんは浮かばれないのよ。あたしの気持ちは若旦那は知ってるはずじゃないですか」

お芳はそう言って前垂れで顔を覆った。

「それでもよ、お前ェはやっぱり岡っ引きの娘なんだ。おいらはそう思うぜ。江戸市中で起きた事件をお前ェが知らねェことはなかった。おいらは心の中で感心していたものだ。さすが父っつぁんの娘だってな。早い話が丸屋の一件だ、近所の者ならいざ知らず、小伝馬町のここまでよくも噂が流れて来たものだ」

お芳はそう言った銀次に前垂れから顔を上げた。

「いつも朝になると、自身番に顔を出すの。あたしがお父っつぁんの娘だって大抵知っているから、番所の人は悪い顔はしない。普通なら喋らないことでも、あたしには喋ってくれるの。気になることがあれば、番頭さんに報告していたわ。番頭さんはそれを若旦那に知らせに行くこともあったと思うけど」

「……そうかい……そんなことだったのかい。こいつァ……」

銀次は感心していた。とにもかくにも、お芳はやはり弥助の娘だと思った。

「それは、あれかい？　お前ェは卯之助に頼まれてやっていたことなのか？」

「ううん、そうじゃない、はなっからあたしが自分で」

お芳はそう言うとばつが悪そうにふっと笑った。銀次はお芳の目許から涼しい風が吹いて来たような気がした。

「岡っ引きを嫌っている女が岡っ引きの真似をしていらァ……お芳、お前ェは本当におかしな女だぜ」

「自身番で話を訊くと、お父っつぁんの動きがわかるような気がしたから……」

「そうか」

銀次は溜め息をついた。やはりお芳は弥助の身を案じていたようだ。銀次はそれがわかって少し気持ちが和らいでいた。

「でも、今のお父っつぁんは目立った働きはしていないようね」

お芳は前垂れで鼻水を拭うと、いつもの利かん気な表情に戻って言った。

「そんなことはねェよ」

銀次は慌ててお芳の言葉を打ち消した。

「お父っつぁん、今でも叶鉄斎を追っているんでしょう？」

「お前ェ、鉄斎を知っているのか？」

銀次の眼が見開かれた。

「知っているも何も、あたしはその名前を死んだって忘れるものですか。お父っつぁんを狂わせた憎い名前だ」

お芳は吐き捨てた。銀次の胸は堅くなっていた。素人衆からその名を聞いたのは久しい。

新たな興奮が銀次を包んでいた。二人は所帯を持つ算段をするどころか、叶鉄斎の話に夢中になってしまっていた。

「なあ、お芳、お前ェ、あの男を本当のところ、どう思う？　今までの事件の下手人だと思うか？」

銀次は膝を崩して胡座をかき、お芳が出してくれた麦湯をひと口飲んで訊いた。お芳は襷を外し、それを器用に束ねながら一言一言、考えるように言った。

「そうね、誰もが鉄斎を怪しいと思っているわ。それでもお縄にならずに相変わらず、のうのうと江戸を歩き廻っている……それは昌平黌の学者様であったせいもあるけれど、お奉行様が、ううん、八丁堀の与力様や同心の旦那方がこれという証拠を摑んでいないためなんだわ。鉄斎の方が役者が一枚上手《うわて》なのよ」

「全くだ」

銀次は大きく肯いた。「頭のいい奴にはかなわねェ」

「あいつは女より男が好きね」

言い難いことを言ったお芳はぽっと頰を染めた。だが銀次は意に介したふうもなく「ああ」と応えた。

「もしかして、今までのことは鉄斎が手を下したのではなく、あいつの影にいる誰かがしたことじゃないかって、あたし考えたこともあったけど……女の浅知恵ね」

「………」

「嫌やだ若旦那、そんな怖い顔をなすって」

「そうかも知れねぇ。いや、きっとそうだ。いくら学問所のお偉いさんでも罪は罪だ。八丁堀の旦那衆はそれほどの腰抜けでもねぇはずよ。お縄にするのをためらうのは、お前ぇの言うように証拠がねぇからだ。ねぇはずよ。あいつが直接、手を下していねぇのなら」

「若旦那、鉄斎を追うのはやめて」

お芳は突然、切羽詰まった声を上げた。

「なぜ？」

「わたし、怖いことが起こりそうな気がする」

そう言ったお芳の顔は蒼ざめていた。銀次はお芳に「大丈夫だ、心配するねぇ」と笑ってみせた。お芳は荒れた手で前垂れの端をぎゅっと握りしめていた。銀次はその手をごく自然に取った。あれっ、と短くお芳の声が洩れていた。抱き寄せるとお芳は金縛りにかかったように身体を硬直させ、銀次の腕の中で震えた。

「誰か来る……」

お芳は掠れた声で呻くように呟いた。

「構やしねぇ。皆んなお前ぇとおいらがこうなればいいと思っているんだ」

「酒問屋の御新造さんのことは……？」

「済んだことよ」

「本気なんですか？」

「うるせェ女だぜ、まったく……」

「ここじゃ、嫌や」

お芳は銀次の手を振りほどいた。

「おいらに恥を掻かせるのか？」

銀次は岡っ引きではなく、坂本屋の息子の驕慢な物言いになった。照れがそうさせた。

「そうじゃありませんよ」

お芳は胸許をかき合わせて膝も正した。

「あたしの部屋に……」

お芳は耳まで真っ赤にして俯いたまま言った。銀次は肯いた。

「近い内に父っつぁんの所に行って来るからな。それでいいな？」

あい、と応えたお芳の声がくぐもって聞こえた。

七

新川の酒問屋丸屋の手代、治助こと山田治兵衛は江戸追放の処分となった。本来なら市中引き廻しの上、獄門となるのを丸屋の主、五平のとりなしにより罪が軽くなった。事件も未遂に終わったこと故、お奉行にもお目こぼしの気持ちがあったのだろう。なにより、治助は二十三の若い身の上。前途を考えての沙汰であった。

治助は石見地方の取り潰しになった藩を立て直すべく江戸にやって来た男だった。治助が仕えた藩主は娘の縁談が破れたことに腹を立て、相手方の屋敷で刃物を振い、縁談の相手と、その父親に怪我を負わせたことで切腹、藩は取り潰しとなっていた。相手方には何んの咎めもなかった。喧嘩両成敗というなら藩主の受けた科《とが》は重過ぎるような気が勘兵衛はしていた。それを不服として治助たちは江戸へ出て、上訴する機会を窺っていたのだ。

しかし、彼等の希望はおいそれと叶うものではなかった。江戸は彼等が考えていたよりも、はるかに大きな都であった。着の身着のままでやって来た彼等はすぐに生計の金に不自由するようになった。路銀は遣い果たし、何よりむさくるしい浪人の集団は人の目にも立つ。彼等はそれぞれに商家に入り込んで生計の道を求めた。読み書き、算盤は達者であったから、商家では重宝された。そのまま商家の手代なり番頭として、別の道を歩む者も長い江戸暮しの内に出て来ていた。

治助はそんな同志を心の中で軽蔑していた。

何がなんでもお家の再興こそ本望と律儀に考えていた。それは武士としてあっぱれな心ばえと勘兵衛は思った。しかし、治助は性急過ぎた。押し込みの真似ごとをして資金を作ろうと思ったことだ。

ことに依ると、それは計画的なことでもあったのだろうか。何故、石見銀山の砒石《ひせき》を懐に忍ばせる必要があるのだろう。

北町奉行のお白州で治助は涙ながらにお家の再興を願う心が悪事に走らせたと訴え、奉行の同情を買っていた。それにしては、お縄になった者が六人と少な過ぎるような気がしてならない。勘兵衛は解せない気持ちのまま、この事件の落着を認めなければならなかった。

弥助の住んでいる豊島町は、絵草紙屋が軒を連ねる通油《とおりあぶら》町を抜けて少し行った所にあった。

銀次は落ち着かない気持ちで豊島町を目指していた。お芳と他人でなくなってから十日ほど経っていた。弥助にお芳を女房にしたいと話すことが、これほど難儀なこととは銀次は思わなかった。この十年、弥助から教えられたことは数に限りがなかった。手とり足とりというのではない。弥助は面と向かっては何も言わない男だった。弥助は銀次の前になったり、後になったりしながら、さりげなく岡っ引きの呼吸を教えてくれたのだ。若さが出て暴走しそうになる銀次をいなしてくれたのも弥助だった。その娘を貰いたい、そう言い出すことが難しい。弥助の呆気に取られたような表情を想像して銀次は会う前から冷や汗が出ていた。手前ェなんぞに娘はやれるか、と剣突《けんつく》を喰らわせられたら立つ瀬がなかった。

お芳を抱いて銀次は奇妙な感動を覚えた。それはお芳が生娘《きむすめ》だったせいだろうか。考えてみたら、銀次は素人の女を抱いた経験はなかった。欲情はそそられたが、お芳は激しく泣いて、銀次は手ごめにしたように良心の呵責《かしやく》に捉えられたものだ。固い身体を開かせるのにも苦労した。銀次は何度、組み伏せたお芳を声をひそめて叱っただろう。お芳は気持ちとは反対に膝に力を入れるばかりだった。ようやく首尾を遂げた時、銀次は全身に水を浴びたように汗だらけになっていたし、お芳の頭は見るも無残で、髷はぐずぐずになっていた。泣きながら身繕いしたお芳の白い二布《ふたの》には、紅い花びらのような血の染みが付いていた。あ、と銀次は思った。ずっと昔、誰かが言っていた。生娘は最初の時はあそこから血を流すのだと。それは銀次にとってお伽話のようなものだった。お芳の下腹は廓の女達のように手入れされていなかった。猛々しい剛毛は銀次の気を殺《そ》いだが、心は新鮮なもので満たされていた。廓の女達とお芳をどこかで銀次は比較して納得したふしがある。

失望したというのではなかった。やはりお芳とのことはお伽話を聞かされたように、少し物足りなく、けれど妙に心は安らいだのだ。

お芳と所帯を構える想像も銀次の胸を弾ませた。朝、出がけにお芳が火打ち石をカチカチと鳴らす。辰吉の女房が顔を出して挨拶する、お芳がそれに応える。いいお天気で結構ですね、とか何んとか……それからお芳は裏店の女房達と埒もないお喋りをしながら洗濯をしたり、家の前に板を出して洗い張りしたりするのだ。

銀次が見廻りを終えて帰ると、油障子に灯りが映っているのを見るだろう。焼魚か煮付けの匂いがして、夕餉《ゆうげ》の用意をしているお芳がエクボの出た笑顔で「お帰りなさい」と言うのだ。一日の出来事をあれこれと語り、お芳は笑ったり、眉をひそめたりして銀次の口許を見つめている。ちょいとその眼にそそられたら、その夜はお芳の柔かい身体を抱くことにもなろう。子供が出来たら辰吉のように湯屋に連れて行って、ほら、危ねェ、走るんじゃねェ、とか小言のひとつも父親らしく言ってみたい……

他愛のない想像は銀次を幸福な気持ちにさせた。

弥助の住まいは細い路地の突き当たりにあった。そのあたりの家はどれも簾を下げ、土間口の前には朝顔や万年青《おもと》の鉢を並べていた。全体がひっそりとして、銀次の住む裏店のような賑やかさはなかった。落語家や清元の師匠なども近くに住んでいた。家の造りは大したことはないが、どことなく垢抜けした風情が感じられる所だった。

「父っつぁん」

銀次は簾越しに声を掛けた。ひと呼吸置いて「おゥ、銀の字か？　上がっつくれ」と返答があった。

簾をくぐって中に入ると、表通りの陽射しに慣れた目には弥助の座敷はひどく暗く見えた。弥助は昼飯を食べていたところだった。

浴衣の袖を外して肌脱ぎになっていた。あばら骨の目立つ薄い胸に玉のような汗を浮かべて飯を食べていた。なに、飯と言っても朝飯の残りの汁を冷や飯にぶっかけただけのものだった。独り身の侘しさを銀次は感じた。

「珍しいじゃねェか、何んぞ急ぎの用でもあったのかい？」

弥助は汁かけ飯を掻き込んでから、げぶっとおくびを洩らし、湯呑の茶をうがいするように飲み下した。歯をせせりながら流しに食器を片付けると、麦湯の入った薬缶と縁の欠けた湯呑を持って来て銀次の前に置いた。

銀次は勝手に、たいして冷えてもいない麦湯を湯呑に注ぎ、ひと口飲んだ。

「ちょいとな、通り掛かったものだから寄ってみたのよ」

「年寄りがこの暑さでくたばっているかも知れねェと心配になったんじゃねェのか？」

「父っつぁん、悪い冗談だ」

銀次がそう言うと弥助は顎をのけぞらせて哄笑した。銀次の住まいも殺風景だったが、弥助の所もろくに所帯道具らしい物はなかった。火事に遭って、そこへ移ってから寝に帰るだけの生活が続いていた。面倒を見るお芳がいないせいもあろう。弥助は浴衣の上を元に戻すと、「新川の丸屋の件だが……」と声をひそめて話し出した。

「ああ、武家上がりの手代のことだな？」

銀次は訳知り顔で肯いた。

「仲間がまだいると表の旦那の話だ」

「それは聞いている。新しいネタでも挙がったのかい、父っつぁん」

「それがな、妙な話を小耳に挟んだ」

銀次は色めき立って、つっと膝を進めた。その前に何気なく外に視線を走らせたのは、岡っ引きの習慣となっている用心の気持ちがそうさせたのだろう。

「お前ェの店の手代、何んて言ったかなあ」

「手代なら五、六人もいるぜ」

「十八、九の若いのはいるか？」

「粂吉のことか？　あいつがうちの店じゃ一番若い。この春に手代になったばかりだ」

「そうそう、粂吉だ、そんな名前だった。字面《じづら》を変えりゃ仙人（久米の仙人）だが、こっちは、どうしてどうして生臭いものがぷんぷんしてらァ」

弥助はそう言って皮肉な笑いを洩らした。

「粂吉がどうかしましたかい？」

「丸屋の治助と顔馴染みらしい」

「え？」

「どうやら仲間とつるんでいる様子だ」

「しかし、粂吉は確かな口入れ屋からうちの店に入った者ですぜ。武家上がりの連中とつるんでいるというのは解せねェ話だ」

「浅草の賭場で知り合ったらしい。粂吉の奴、手代になって小遣いができたのをいいことに派手な張り方をしていたそうだ。賭場じゃカモになっていたらしい。借りの金も少なくないそうだ。治助がその借りを助《す》けてやっていたらしい」

「何んのために？」

「そりゃ、後々、役に立つ男と見たんだろう」

弥助は煙草盆を引き寄せ、煙管《きせる》に一服点けた。銀次は嫌やな気がして来た。

「まあ、治助がお縄になって表向きは一件落着だが、仲間がまだ鳴りを鎮《しず》めているとなると、こいつァ、ちょいと難儀だ。追放にしたのは泳がせる目的があったのかとおれァ、思っているんだが」

「坂本屋が狙われると、父っつぁんは思うのか？」

「さあ、そいつァわからねェ。番頭には気をつけるように言い含めておいたが」

「うののことですかい？」

「ああ。お前ェがちょろちょろすると目に立つからな。あいつは顔に出ないのがいい」

「手回しが早えェや」

銀次は苦笑していた。

「ところで、お前ェ、何か他に話でもあって来たんじゃねェのか？」

弥助の言葉に銀次は思わぬほどうろたえていた。胡座を正座に変えて、丸い膝を痕が残るほどぎゅっと摑んだ。

「実はおいらもそろそろ所帯を持とうかと考えて……」

「ほう、こいつァ、めでてェ。そうだな、面《つら》は若けェが、お前ェが所帯を持つのは、考えてみたら遅過ぎるぐらいだ。並の男なら子供の二、三人いてもおかしくはねェ」

「そ、それで……」

「仲人は表の旦那に頼むがいい。おおそうだ。祝言にゃ、深川の鳶《とび》の頭《かしら》を知っているから、いっち派手に木遣《きや》りでも唸らせたらどうだ。話をつけるぜ。今は地蔵橋の泣き銀と異名を取っているが、これでも元は坂本屋の長男坊だ。しみったれたこともできめェ」

「………」

「敵娼《あいかた》はどこの見世の妓《こ》だ？」

「それが……」

「まさか、夜鷹《よたか》や舟饅頭《ふなまんじゅう》というのじゃねェだろうな」

「とんでもねェ。堅気の娘だ」

「ほう？」

弥助は不思議そうに煙管の白い煙を吐き出すと、小気味よく煙草盆の灰落としに煙管を打ちつけた。その娘がお芳であるとは微塵も思っている様子はなかった。

「こいつァ、畏れ入った。お前ェの所にやって来るような堅気の娘がいたのかい。世の中、捨てたもんじゃねェな」

弥助は喉の奥まで見せて愉快そうに笑った。

「お芳と一緒になる」

「…………」

弥助の動きが止まった。丸い眼が大きく見開かれていた。驚きが弥助の顔から表情を奪い取っていた。

「お芳は承知したのかい？」

しばらくして弥助はようやく口を開いた。

「ああ」

弥助は溜め息をついて、しみのある天井を見つめた。何んの溜め息なのか銀次はわからなかった。銀次ではお芳の亭主として不足だと弥助は思っているのかも知れなかった。過去の様々な銀次の噂を弥助が知らないはずはない。

「あんなお多福でいいのかい?」

弥助は銀次に確めるように訊いた。静かな声だった。

「父っつぁん、暫《しばら》くお芳に逢っていねぇだろ? お芳は滅法、女らしくなったぜ」

「もうのろけていやがる」

弥助は吐き捨てたが眼が笑っていた。

「今のおいらにゃ、お芳以外の女は女房に収まっちゃくれねぇだろうよ。ろくに飯の炊き方もしらねぇ女ばかりを相手にして来たからな。この先、十手稼業をして行くにゃ、お芳でなけりゃ駄目なのよ」

「泣きの銀次も年貢の納め時か……」

「父っつぁんのことは悪いようにはしねぇ。全部、おいらにまかしてくれ」

「なに、おれのことはいい。手前ェは手前ェのことだけ考えていろ。ほ、お荷物がなくなっておれァ、いっそさばさばしたぜ」

弥助はそう言って薄く笑った。笑った後で短く吐息をついた弥助は、嬉しそうでもあり、また、寂しそうでもあった。

〽猫じゃ猫じゃとおっしゃいますが
　猫が下駄はいて杖ついて
　　しぼりの浴衣でくるものか
　　　チョイチョイチョイチョイ……

銀次は上機嫌で「梅の湯」の湯槽の中で猫じゃ猫じゃを唸っていた。周りの客はそれを聞いて「今日の親方は妙に機嫌がいいよ」と笑っている。カンと拍子木が鳴って、褌ひとつで現れたのはいつもの三助ではなく、湯屋の跡取りの音松だった。

「何んでェ、羽振りのいい客って言うのは銀公のことか」

「御挨拶だな。せっかく祝儀を弾もうと思っていたのに、お前ェが出て来たんじゃ艶消しだ。いつもの三助はどうした？」

「風邪を引いて寝込んでいらァ。ふん、この頃は三助、三助と気易く呼ぶと剣突喰らわせられるぜ。湯番頭《ゆばんとう》と呼んでほしいもんだ」

「湯番頭もすさまじいや、手前ェはろくに背中を流す技量もあるめェに」

「生憎だな。門前の小僧、何んとやらで女湯じゃ大層な贔屓《ひいき》もいるんだぜ」

「ふん、手前ェのことだから背中流すんだか、あらぬ所をさするんだかわかりゃしめェ」

「おっと、たとい湯屋の三助といえども甘く考えてもらっちゃ困る。湯の中じゃ、この音松様も木仏金仏《きぶつかなぶつ》となってせっせと働くんだ。ま、手前ェのような岡っ引きにゃわかるまいが」

「長口上《ながこうじょう》だの。さっさとやっつくれ」

銀次は威勢よく湯から上がると洗い場に座って音松に背中を向けた。

「この頃はやけに身体を磨くじゃねェか。日に二度はここに来てるぜ。女でも出来たのか？」

音松は銀次の背中を丁寧にこすりながら訊いた。音松が自慢するだけあってその手際は他の三助の腕に見劣りするものではなかった。音松は立派に梅の湯の跡取りだと銀次は胸の中で独りごちていた。

「そろそろ身を固める」

「…………」

「お前ェにゃすっかり遅れを取っちまった。これから人並みに所帯を持って人並みなことをするわ」

「そうけェ……何んだか寂しい話だ」

「喜んでくれねェのか？」

銀次は首をねじ曲げて後ろの音松を振り返った。太いげじげじ眉の下の愛嬌のある丸い眼と銀次はぶつかった。その眼が寂し気なものを湛《たた》えていた。

「銀ちゃんが最後の砦だったによ」

「何が？」

「昔からの仲間で所帯を持っていねェのは銀ちゃんぐれェのものだから、皆んな、銀ちゃんだけは独り身を通すもんだと思っていたのよ。銀ちゃんが独りでいる内はおいら達もまだ若けェ気でいられたんだが……こうなっちゃ、もうおいら達の時代も終わったのかなって、ふっと寂しくなったのよ」

「勝手なことを言うよ。手前ェで褌を洗うのがちょいと侘しくなっただけよ」

「違ェねェ」

音松は少しの間、黙って銀次の背中を流し続けた。ざっと湯を浴びせると、銀次の肩と首筋をゆっくりと揉み始めた。銀次は気持ち良さそうに眼を閉じた。今日は弥助を前にして随分肩の凝る思いをした。音松の按摩は銀次の疲れを快く解きほぐした。

「誰と一緒になるんだい？」

音松は按摩をしながら訊いた。

「うちの店の女中で、お芳という女だ」

「え？　あの女と？」

音松の動きが止まった。心底驚いていた。

「銀ちゃん、尻に敷かれるぜ。あの女と来たら、火事の時はやけに張り切って、火消しの連中に、なに、ぐずぐずしている、早くしろだの、水をもっとぶっ掛けろだの、うるせェ、うるせェ」

湯屋は焚き物に苦労するので、火事が出た時は燃え残りの材木を引き取りに行く。音松はその時にお芳と会って、覚えていたらしい。

「あいつも昔、火事に遭って焼け出されているから他人事に思えねェんだろう」

銀次はそう言った。お芳が火事場で大声を張り上げる図が浮かんだ。ふっと笑いが込み上げた。

「親方」

不意に呼ばれて横を向くと、仄暗い洗い場に辰吉の顔があった。そばに息子の与平が小さい身体を擦り寄せていた。悪さをすると、隣りのおじさんにしょっ引いて貰うよ、とおみつが脅かすものだから、与平は銀次を見ると、いつもおびえた表情をする。子供には嫌われるより慕われる方がいいと思っている銀次は与平の態度を寂しく感じていた。

「おう、坊主も一緒か、よしよし、帰りにはおじちゃんが菓子を買ってやろう」

銀次は愛想のいい笑顔で言ったが、前髪の与平は無表情にこっくり肯いただけだった。

「辰っつぁん、ついでだ。こいつに背中流して貰え。なに、俄《にわ》か三助だ。二人分の祝儀も取られめェ」

按摩を終えた音松は銀次の背中をパンパンと小気味いい音をさせて辰吉の方に向き直った。遠慮する辰吉を半ば叱るように銀次は音松を押しつけた。その間に銀次は与平の信じられないほど細い腕やら背中やらを糠袋で静かに擦《こす》ってやった。与平は最初は顔をしかめたが黙って銀次のされるままになっていた。

「こいつはいやに神妙にしてるぜ」

辰吉はそんな息子を見て笑った。

「逆らったらしょっ引かれると思っているんだろ。坊主、このおじちゃんが怖いか?」

銀次は試しに訊いた。

「怖かねェ」

利《き》かん気な甲高い声で与平は応えた。小鼻が膨らんでいる。

「泣き虫の岡っ引きなんざ、埒《らっち》もねェ」

「げッ」と銀次は喉から妙な声が出た。辰吉は加減もせずに与平の頭を張った。

「やめろ、辰っつぁん、子供の言うことだ。そうさな、おいらは泣き虫で困っているよ。お前ェに笑われないように、これからは泣かないように頑張《こら》るさ」

銀次は溜め息の混じった声で呟いた。音松は笑いを堪えて顔をくしゃくしゃにしていた。

音松の顔に銀次は声を出さず、唇の形だけで(手前ェ!)と悪態をついた。

銀次と辰吉と与平の三人は梅の湯を出ると近所の駄菓子屋に寄った。約束通り、銀次は与平に菓子を買ってやるためだった。粟おこしだの、大福だの、飴だの。

「親方、今日は御徒町《おかちまち》の方で政吉さんに会いました」

京橋の辺りは竹細工の店が多い。房総産の長い竹が何本も簾《すだれ》のように立て掛けられていた。それは京橋の風情ともなっていた。

黄昏が竹の影を細長く堀に映している。与平は棒のついた飴をねぶりながら、おとなしく銀次と辰吉の後について来ていた。喰ってる時だけはおとなしくて、と辰吉は苦笑して、それから銀次の方を向いて言ったのだ。

「そうかい……」

「叶さんの屋敷を見張っている様子でしたが、何かありましたか？」

「いや、何もねェよ」

「叶さんの所は色々ありましたからね、親方や政吉さんが気にするのも無理はありませんよ」

銀次は辰吉が叶鉄斎に対して、好意的なもの言いをするのが気に入らなかった。

「辰っつぁんは叶の屋敷にちょいちょい行くのかい？」

「へい、お得意さんです。あの人が湯島にいた頃から品物を買って貰ってました」

「そいじゃ、悪くも言えねェな」

銀次は幾分、皮肉な調子で言った。辰吉は銀次の機嫌を損ねたと気づいて表情を曇らせた。

「親方はやっぱりあの人を怪しいと思っていなさるんで？」

「あいつが怪しくなかったら、誰を怪しいと思やいいのか、おいらにゃわからねェな。おいらの妹もあいつの手に掛かったんじゃねェのかと疑ってもいる」

「さいですか……」

気落ちしたような声で辰吉が言った。

「お前ェに何か考えでもあるのかい？」

「へい。あそこへ青物を持って行くと、いつもこちらの言い値で買ってくれます。だからと言う訳じゃねェんですが、台所をやっている婆さんがいい人で。色々あった家ですから女中が居着かないんだそうです。婆さんも年だから暇を貰いたがっている様子でしたが、なかなかそうも行かないようです。婆さんは主人の叶さんを心底慕っています。叶さんも家にいる時は気軽にあっしにも声を掛けてくれます。噂になっているような恐ろしい人だとは、あっしはどうしても思えねェんで」

「悪党が皆々、悪党面《づら》しているんなら捕り物はいっそ楽というものだ。お前ェ、鉄斎の仏面《ほとけづら》に騙されちゃいけねェよ。あいつは蔭間遊びをするような奴だ。案外、お前ェの尻でも狙っているんじゃねェのか？」

「親方……」

辰吉はむっと頰を膨らませた。

「ちゃん、ちゃんの尻が狙われているのか」

後ろの与平が無邪気に訊いた。うるせェ、と辰吉は一喝した。銀次は噴き出すように笑った。

「ま、親方のすることにあっしが四の五の口を挟むことでもありやせんが……怪しいと言うなら、怪しいと思わないことも……」

末濁りの言葉で辰吉が呟くと、銀次は「言ってみろ」と辰吉の言葉を急《せ》かした。

「いえね、大したことでもねェんですが、叶さんの所は、今は先生と婆さんの二人暮しのはずですよね」

「ああそうだ。住み込みの弟子は殆どいないだろう。皆、通いのはずだ」

「まあ、昼飯を弟子に出すことがあるのかも知れやせんが、それにしては買ってくれる青物の量が多過ぎるような気がするんですがね」

「鉄斎が大喰らいなんだろう」

「親方、あっしが何年、青物の棒手振《ぼてふ》りをしていると思ってるんで。これでも、一つの所帯が一日にどれほどの魚を買って、どれほどの青物を買うかぐらい見当がついていまさァ。叶さんの所は優に三人前、いや、四人前はありますよ」

「………」

銀次は浴衣の袖から腕を抜き、襟の合わせ目の所から出して薄い顎髭を撫でた。いったいどういうことなのか、まるで合点が行かなかった。人数以上の野菜は誰の口に入るのだろう。弥助はそのことに気づいているのだろうか。

「親方、何んなら、魚屋にも当たってみますかい？　叶さんの出入りの魚屋なら顔見知りですから」

「そうだな、頼むぜ。辰っつぁん、目立たねぇようにさり気なく訊くんだぜ」

「わかってますよ」

辰吉は小鼻を膨らませて自分の胸を叩いた。

「みさご」に誘ったが、与平がいるからと辰吉は断って、裏店に通じる小路を入って行った。与平は銀次に手を振っていた。菓子が効を奏したようだ。

「みさご」の縄暖簾をくぐると、政吉が小上がりでいぎたなく眠っているのが眼に入った。仕込みをしていた伊平は板場から顔を出して、そんな政吉を顎でしゃくった。

「今さっき帰って来たと思ったら、この様《ざま》ですよ」

「そうかい、いつも迷惑を掛けて済まねぇな」

「酒ですね？」

「ああ」

銀次は飯台の前の酒樽に座って肘を突き、眠っている政吉を見つめた。鉄斎の屋敷を政吉は張っていた。弥助の張り込みの助っ人をしているのだ。暑さと疲れが政吉の埃っぽい顔に表れていた。鉄斎の屋敷に誰がいるのだろう。行方不明の妻か、女房代わりの蔭間か、まさか、と銀次は頭を振って打ち消した。そんな生易しいものではないだろう。行方不明の二番目の妻は恐らくこの世にいないだろう。

「あ、兄ィ」と、とぼけた声を上げた。

と、唸るような大欠伸《あくび》をして政吉が起き上がった。目尻に欠伸で湧き出た涙を浮かべて

「疲れているようだな」

銀次は盃の酒をひと口啜って言った。

「今日は暑さがやけにこたえやした。一日中、鉄斎の屋敷の近くにいたもんですから、あそこは日陰がまるでねェ所ですよ」

「気づかれなかったかい？」

「それは大丈夫でさァ。鉄斎は、今日はどこへも出かけませんでした」

「辰っつぁんに会ったんだってな」

「へい、あいつァ毎日のように屋敷に来ているようです」

「いい得意先らしい」

「金回りがいいから……」

政吉は板場に入り、裏口から外へ出て、顔でも洗いに行った様子だった。自分ばかりが湯屋でさっぱりとして来たのに銀次は気が引けていた。

伊平は冷や奴と茄子《なす》の煮物を銀次の前に置いた。茄子は胡麻《ごま》の風味がして口当たりが良かった。「うまいぜ」と言うと伊平はにッと笑った。

政吉は白い半纏に着替え、鉢巻きをしながら戻って来ると、飯台を境にして銀次の斜交《はすか》いに立った。

「どうもね、気になることがあるんですよ」

政吉は客がいないのをいいことに、かなりの大声で口を開いた。銀次はやはり店の前の通りに視線を投げてから政吉に向き直った。

「こっちも気になることがある。お前ェの話を先に聞こう」

「父っつぁんは長い見張りで慣れっこになっているのか、屋敷の人の出入りばかり気にしてますが、おいらはあのだだっ広い屋敷の造りも気になりやすよ」

「と言うと？」

「このくそ暑いのに雨戸を閉め切った部屋が幾つもありやした」

「婆さんの女中が一人いるだけだから手が回らないのだろう」

「それにしては、母屋の隣りが土蔵になっているんですがね、あそこは表からはがっちり錠は掛けているんですが、網を張った窓は開け放してありましたぜ」

「書庫にしているんだろう」

「そうすかい、しかし胡散《うさん》臭い感じもする」

「………」

銀次は盃の酒を口にして考え込んだ。土蔵に誰かをかくまっているという想像に捉えられた。それは誰？　そして何んの為に？

「それで、兄ィの話って言うのは？」

「うん、辰っつぁんが妙なことを言っていた。二人暮しにしては買物の量が多過ぎるってな」

「兄ィ！」

政吉は切羽詰ったような声を上げた。

「もう少し調べよう。鉄斎については慎重に事を運ばなけりゃならねェからな。ここであせっちゃ元も子もねェ」

「今までは鉄斎の素性はほとんど知られていなかったようですが、弥助の父っつぁんの話じゃ、朧気ながらわかって来た部分もあるそうですぜ」

「おいらは今日、父っつぁんに会ったが、そんな話はしていなかったな」

「兄ィはすぐにお先走るから、はっきりするまで胸に収めているつもりだったんでしょうよ」

「誰がお先走るって？」

銀次はぎろりと政吉を睨んだ。政吉は慌てて自分の口を押さえていた。

八

草市、精霊棚、お盆、仏臭い行事が済むと江戸は少しずつ秋の気配を漂わせ始める。とは言え、八月朔日《ついたち》、吉原の遊女達が白小袖で仲ノ町へ繰り出した日は炎天の陽射しが降っていた。遠目には雪のように見えている白い衣裳も近くで見物していた銀次には女達の額に湧き出た汗が暑苦しく思えた。

雛鶴が見世にいた頃は、この八朔《はっさく》の衣裳を調えるための無心をされていたことも思い出していた。

意気地と張りを身上にしている遊女達にもそれなりの苦労がついて回る。近頃は岡場所が幅を利かせているので、通う足にも難儀する吉原より、そこここに出来ている岡場所にお株を取られっぱなしである。八丁堀の役人達が躍起になって摘発を試みるのだが、あの手、この手で無許可の岡場所は一向に少なくなる兆しはなかった。

銀次は鼻欠けになるのが怖くて、昔から揚げ代の安い岡場所には近づかなかった。吉原の中にも河岸《かし》と呼ばれるチョンの間幾らで遊ばせる所があったが、そこは引手茶屋の手引きで上がる見世とは雲泥の差がある。二十七、八で年季を終える見世と違い、そちらは元結《もっとい》の薄くなった年増の女まで化粧で皺を隠し、誰構わず客と見たら腕を取って離さないすさまじさだった。その様子を見るだけで銀次は気分が萎《な》えた。しかし、江戸の男達の中には女の体裁をしていれば一向に構わない輩《やから》もいるのだから、商売として成り立っているのだろう。

八朔が過ぎると、顔をなぶる風に幾分涼しさが加わっていた。町にはすすき売りの声も聞こえるようになった。季節は順当に巡るものだと銀次は思ったものだ。

お芳は銀次と深い仲になっても坂本屋では相変わらずくるくるとよく働いていた。たまに銀次が店を訪れても媚びるような態度は見せなかった。照れ性の銀次はそれが助かった。自分の家でしなだれ掛かった態度をされては立つ瀬がなかった。

時々、お芳の部屋で銀次はお芳を抱いた。

弥助に知れたら堪え性のない奴だと叱られそうだが、長いこと独り身を通して来た銀次は初めて金銭の絡まない女と深間になったことで新鮮なものを感じていた。女の身体を珍しがる年ではない。しかし、お芳にそそられるものは多かった。お芳の部屋は台所のすぐ横にある。初めてその女中部屋に入った時、銀次は部屋の隅に見覚えのあるびいどろの鏡台に気がついた。お芳は「お内儀さんにいただいたんです」と言った。死んだお菊の鏡台であった。あんな死に方をした女の物を使うのは嫌やじゃないのか、と訊くと、若旦那の妹さんですもの、ちっとも嫌やじゃありませんよ、と言った。その言葉は嬉しかった。

その女中部屋は住み込みの奉公人が夜這《よばい》に来ないように内側から鍵を掛けられるようにしてあった。

粂吉は時々、出かけては夜遅く戻ることがあった。

銀次はお芳と一緒の蒲団の中で粂吉の気配を窺った。闇の中で耳を澄ます銀次を、お芳はその時だけ、醒めた眼で見つめていたような気がした。粂吉から眼を離すわけには行かなかった。卯之助から何も言って来ないので、今のところは大事はなさそうだったが。

銀次は遅くなっても泊まることはなかった。

いくら自分の家でも女中部屋で朝を迎えるという気にはなれない。それだけはけじめとして守りたかった。

坂本屋から通りに出ると、銀次の目の前に見事な月が昇っていた。そう言えば月見の晩だったと銀次は気がついた。お芳が貸してくれた提灯の必要がないほど月が明るい。

家々も何んとなく寝につくのを惜しんでいるかのように人の声も耳についた。銀次は満ち足りた気分で家路を辿っていた。

この頃のお芳はやけに色っぽくなったと、脂下《やに》がってもいた。裏店に近い所に売りに出されている仕舞屋《しもたや》があった。銀次はお芳と一緒になることを両親に告げると、父親の銀佐衛門は家を一つ買ってくれると言った。小遣いに不自由はしていなくても家一軒の金を都合するとなると銀次には難儀である。ここは勘当の身とは言え、両親の祝儀をありがたく受けることにした。そこでお芳には小間物屋でもやらせるつもりだった。品物は坂本屋から手頃な値のものを並べるつもりである。美顔水だの、歯磨きの真珠粉《しんじゅこ》だの、安物の櫛《くし》、笄《こうがい》、糸、鋏。子供相手の駄菓子もついでに。さしずめ一番の贔屓は辰吉のところの与平になるだろう。ささやかな未来の展望が銀次を幸福な気持ちにさせていた。迷うことなど一片も銀次にはなかった。この方法をなぜにもう少し早く考えようとしなかったのかと、むしろ無為に過ごした時間を惜しむ気持ちでもあった。

銀次の住んでいる裏店は二棟十軒が向かい合う形で建っていた。中央には井戸があって、日中は女達がその周りに集まり、洗い物をしながらお喋りに興じるのが常であった。井戸から羽目板をしてある溝が一筋通っていて洗い物の水を流せるようにしてあった。時々、米粒や茶殻が捨てられていると、大工の女房のお熊は眼を三角にして怒る。大抵、槍玉に上げられるのは料理茶屋で働くおもんという女で、お熊は疲れて眠っているおもんを叩き起こして後始末をさせるのだ。そうまでさせるのはどうかと最初の頃は銀次も思ったものだが、低い土地に建っているそこは、大雨でも降ったらたちまち下水が溢れて目も当てられないのだ。日頃から下水が詰まるようなものを流さないように女達は心がけていた。

お芳の所から遅く帰って来たにしては銀次は珍しく早く眼が覚めた。井戸に出て行くと、女達は朝の挨拶をする旁々《かたがた》、昨夜の月の見事さを口々に語った。おもんもその中にいた。諍《いさか》いもなくいい朝だと銀次は清々しい気分で大きく身体を伸ばした。

さて、朝飯前に道場に行って、と算段していた時、裏店の門口《かどぐち》の所に弥助の姿を見た。弥助は疲れているのか、それとも夜通し飲んで酔っ払っているのか、門口の半分立ち腐れている柱に摑まって荒い息をしていた。

「父っつぁん」と銀次が声を掛けると、弥助は口許を歪めるようにして薄く笑った。銀次も笑い返したつもりだったが、その時、おもんが悲鳴を上げた、いや、弥助が倒れたから、おもんは驚いて悲鳴を上げたのだろう。

銀次にはどちらが先なのかわからなかった。どさりと地べたに倒れた弥助の背中は一刀のもとに斬られていた。薄い単衣《ひとえ》ごと、骨まで達する深い傷である。父っつぁん、と銀次は弥助を抱き起こし、呼び掛けた。虚ろな目、激しく喘《あえ》ぐ息は、同様に銀次の胸の動悸をも高くさせていた。お熊が医者だ、医者だ、と騒いで誰かが門口の外へ慌ただしく走って行った。

「銀次、おれァもう駄目だ……」

弥助は銀次の腕の中でかすれた声を立てた。

「やったのは誰だ？」

「銀次、お芳を頼む……あいつァ、いい女房になる……」

「父っつぁん、誰にやられた？」

銀次は朦朧《もうろう》としている弥助に怒鳴るように訊いた。

「鉄斎の……」

コトリと首が前に落ちて、弥助はそのまま動かなくなった。「へ？」と笑うような銀次の声がたちまち震え出した。おみつが驚いて「あんたァ」と辰吉を呼んだ。

「親方」

仕事に出かける恰好の辰吉は人垣を掻き分けて銀次のそばに来た。銀次は辰吉を見知らぬ者のように眺めた。泣きが入る、と辰吉はすぐに思ったようだ。そうなったら銀次は平静ではいられない。辰吉は「政吉さんを呼んで来ます」と言って足早に門口の外へ駆け出していた。

銀次は弥助の身体を抱えたまま、低く嗚咽《おえつ》し始めた。魂を揺さぶられるようなその声は裏店の女達をもらい泣きさせずにはおかなかった。

「やっぱり泣き虫は治らねェ」

与平がぽつりと呟いた。前垂れで眼を拭ったおみつは「この子は」と心底呆れた声を立て、与平の頭に拳骨を喰らわせた。与平の声は銀次に負けないほど大きかった。

表勘兵衛は弥助殺しの下手人を叶鉄斎と定め、北町奉行からお目付に通報した。お目付が密偵を使って調べさせ、鉄斎が逮捕されるのを彼は待っていた。しかし、お目付からの返答はつれないものだった。

月見の夜、鉄斎は交遊関係のある国学者の所で月見の宴に招かれていたという。その国学者の屋敷には四、五名の客も一緒に招かれていて、彼等は鉄斎が確かにいたことを証明した。またか、と勘兵衛は思った。確信を持って鉄斎の逮捕に乗り出すと、決まって裏を掻かれる。いったいこれはどういうことなのかと勘兵衛は訝《いぶか》しんだ。

銀次の話では弥助は今際《いまわ》に鉄斎の名を出して、それから事切れた。化け物でもあるまいし、一人の鉄斎が月見の宴で酒を酌み交している時に、もう一人の鉄斎が人殺しを働く。あり得ることではない。今まで勘兵衛は漠然と鉄斎を手に負えない人物として眺めていたふしがあった。しかし、弥助が殺されたことで、本物の怒りが生まれたことを意識した。不思議な感情であった。意地にもなっていた。勘兵衛は言わば狂気の人物に自分も狂気となって戦わなければならないと強く思った。お芳の横顔がふうっと浮かんでいた。

お芳は弥助の葬式の時には、涙ひとつこぼさなかった。それは弥助との確執のせいではないだろう。泣き虫の男を亭主に持つからというのでも又、ない。

本当に怒りや悲しみが深ければ、人は涙も出ないものだと勘兵衛は誰かから聞いたことがあった。お芳がまさにそれだった。岡っ引きの父親を恨み、その父親もお務め向きのことで命を落とした。そして自分は心底嫌っている岡っ引きの女房になるのだ。銀次が弥助の二の舞にならないという保証はなかった。

この市井の女は一生を終える時、ああ、岡っ引きの女房になるものではなかった、と思ったとしたら、江戸の治安を守る八丁堀の役人として立つ瀬がない。岡っ引きの上には自分達同心がいるのだ。岡っ引きを厭《いと》うお芳に勘兵衛は自分も疎まれているのだ、と思う。

ただし、お目付の方から鉄斎は昔と違い、今は江戸市中に暮す単なる町人、今後の吟味はお目付はもとより、勘定方の指図も無用との沙汰があった。これで勘兵衛は自身番にしょっ引いて他の下手人同様、取り調べができるのである。一歩、事件解決への足掛りがついたと思った。


上野御徒町《おかちまち》はその名の示す通り御徒衆《おかちしゅう》が多く住んでいる町である。浅草雷門《かみなりもん》と神田川の間にあった。不忍池からもそう遠くない。

不忍池のもう少し先に湯島天神と聖堂がある。叶鉄斎が住居と定めるには、まことに都合の良い場所であると勘兵衛は思った。即ち、学問に励むための学舎と濁った欲望を満たす出合茶屋が隣接しているからだ。

鉄斎の屋敷は神田川の川岸に近かった。火の見櫓《やぐら》が眼についた。町全体の緑は濃いが、鉄斎の屋敷の周りは政吉が言ったように日陰となるような物はなかった。その代わり、庭先には丹精した鉢物が多い。ここから朝顔の変わり種が出たことを銀次は思い出していた。

勘兵衛と銀次は鉄斎に会うために御徒町を訪れた。二人は緊張していた。首尾よく自身番に連行できれば御《おん》の字だが、屋敷に上がって鉄斎から月見の晩の話でも聞き出せたらそれでもいいと考えていた。

鉄斎の屋敷の周りは高い塀で囲んであった。ひょいとよじ登ろうとした銀次を勘兵衛が止めた。陽が高い。人の目を勘兵衛は気にした。

「御免」

門は開け放してあった。勘兵衛は玄関先で声を掛けた。人の気配は感じられなかったが、ひと呼吸置いて、老婆の女中が現れ、戸を開けた。勘兵衛の紋付、着流しの恰好と、後ろに控えている銀次に驚いた表情を見せた。

「拙者は北町奉行の同心で表と申す。叶殿に面会したいが御在宅かの？」

「少々お待ち下さいませ」

老婆は年の割にしっかりした口調で応え、奥に入って行った。その間に勘兵衛と銀次は玄関のたたずまいを遠慮のない眼で眺め回した。

老婆が癇性に雑巾《ぞうきん》で磨くのか、板の間は黒光りしている。その他は華美な装飾はない。襖などの建具はそこらにざらにあるものだった。

長い間《ま》があった。勘兵衛がやや苛立ちを覚えた時、老婆が戻って来て、庭に回るように言った。正式の客の扱いではない。だが、勘兵衛と銀次はそれに頓着することなく、玄関横から庭に通じる垣根の木戸をくぐっていた。

鉄斎は縁側の座敷に着流しの恰好で正座して二人を待っていた。着物はいつか銀次が八丁堀で擦れ違った時の白絣だった。

「叶鉄斎です。お務め御苦労様でございます」

鉄斎は慇懃《いんぎん》に頭を下げた。相変わらず、隙のない態度であった。夏の陽射しに焼かれもせず、端正な顔は蒼味を帯びて見えるほど白かった。

「拙者は北町奉行同心、表勘兵衛と申す者、こちらは地蔵橋の御用聞きで銀次と申します」

「銀次？　あの有名な泣きの銀次ですか？」

鉄斎はふっと表情を弛めた。銀次は「へい」と応え、俯いた。自分の泣きばかりが人の噂に上っているのが面映《おもはゆ》かった。勘兵衛は縁側に腰を掛けて鉄斎に向き直り、「実は今日伺ったのはちょいと御用の筋で……」と、慇懃に言った。

「私を見張っていた年寄りの岡っ引きのことですか？」

鉄斎は先回りして言った。とぼけられることを予想していた二人は気を殺《そ》がれた。

「気の毒に、殺されたそうですね？」

「あんたが殺《や》ったんじゃねぇのかい？」

銀次はむっとなって訊いた。勘兵衛が銀次を手で制した。

「これは妙なことを言う。私が何故あの年寄りの岡っ引きを殺さなければならないのですか？　……まあ、私の行動をいちいち見張っていたのは小うるさいと思わないこともなかったですがね、それにしては殺したいほど煩わしいものではなかった。むしろ、長年の間に親しみさえ覚えていたものですよ」

「叶殿、御無礼致しました。いえ、拙者は叶殿が弥助を殺した下手人として決めた訳ではないのです。ただ、お務め向きのことで、月見の晩のことを伺いたいだけでござる」

「それは何故？」

「実は殺された岡っ引きは……弥助と言うんですがね」

「存知ております」

「事切れる前に叶殿の名を出しているんですよ。拙者はその仔細を知りたい訳で」

勘兵衛は鉄斎を見据えて、そう訊いた。

「はて……」

鉄斎は腕組みをして首を傾《かし》げた。銀次は、勘兵衛がそこまで言う必要がなかったのではないかと心の中で思った。

庭は白い砂利が敷き詰められていて、奇妙に枝のねじ曲がった松の樹《き》が眼についた。銀次はその松の樹を見て、ふっと鉄斎の心模様が表れているような気がした。幹は斜めに傾ぎ、根元は苔がむしていた。枝は途中でくるりと輪になっている。この輪を通して鉄斎は何を見るのだろうか。月……と思いついて、銀次は嫌やな気持ちになった。

「私に殺されたとあの岡っ引きは確かにそう言ったのですか？」

「言いやした」

銀次は鉄斎をまっすぐに見つめてきっぱりと言った。しかし、鉄斎の表情は動かなかった。

「月見の晩は私は小山田与清《ともきよ》という国学者の所に招かれておりました。小山田とは昔から付き合いがあります。彼は蔵書家として名の知れた男です。私はちょくちょく訪れて資料などを借り受けております。私は弟子を多く持っていると言われますが、いただく束脩《そくしゅう》だけでは資料を買い漁ることまではできませんからね」

「余計なことですが、叶殿が昌平黌を辞められた理由は何んですか？」

勘兵衛は突っ込んだ質問をした。鉄斎はわずかに動揺したように見えた。

「さて、あなたに説明しておわかり頂けるかどうか……まあ、学問上のことで、相容れないものがあったからです。ひと口で言えば、昌平黌は儒学に基づいて学問を進める所、ところが私ときたら、それと敵対する国学の方に目覚めてしまったのです。疎まれて当然でしょう。辞めざるを得ません。幸い、私塾を開けと応援してくれる人もいて、こうして何んとかやっている訳です。辞めた当初は手習いの師匠の手伝いなどもしておりました」

「それは初耳ですな。どこの手習い所で教えていられましたか？」

「八丁堀の山田東州《とうしゅう》先生の所です。先生は残念ながら五年ほど前に亡くなられましたが」

鉄斎がそう言った時、銀次の胸は驚くほど大きな音を立てた。そこに妹のお菊も通っていたのだ。

「十年ほど前の話ですね？」

銀次が訊くと鉄斎は白い歯を見せて「よく御存知で」と笑った。

「あんた、覚えちゃいませんかい。そこに小伝馬町の小間物問屋の娘でお菊という十六の女がいたことを」

「お菊？」

「派手な着物を着て、やたらお喋りな娘ですよ」

「あ、ああ、思い出しました。あの娘は町家で育ったせいかやることが大胆で、私に付け文なんぞも寄こしたことがありました」

鉄斎は苦笑しながら言った。銀次はかッと頭に血が昇っていた。

「あんたにはそれが大層迷惑なことだったんですね？」

「迷惑と言うほどのものではありませんでしたが、嫁入り前の娘がそんなことをするのはいかがなものかとは思っておりました」

「そんなふしだらな娘は殺してしまおうと……」

「待って下さい、私は何も……」

鉄斎は慌てて勘兵衛の顔を縋《すが》るような眼で見た。

「お菊はこの者の妹に当たります。小伝馬町の小間物問屋、坂本屋を御存知ですか？　そこがこの者の生まれた所です」

勘兵衛は静かな声で言った。

「はあ、そうですか。それはそれは……」

「おいらは妹が殺されたことがきっかけで十手稼業に就いたんです。わかりますかい？　おいらは店をうっちゃっても妹を殺した下手人をこの手で捕まえたいと思ったんですよ」

「銀次さん、あなたの妹を殺したのは私じゃない。私にはあなたの妹を殺さなければならない理由はありません」

鉄斎は勝ち誇ったように言った。だが銀次はすぐに口を返した。

「確かにあんたは学問を修めた立派な人だ。しかし、それは学者としての一面だけだ。別のあんたは蔭間との縁もある、恥ずかしがることはありやせんよ。それをどうこう言うつもりはこちらにはないんでね。しかし、弥助の父っつぁんが死ぬ前にあんたの名前を出したことに、おいらはこだわっているんですよ。きっと、今までお宮入りになっている殺しの事件は、さしずめ、もう一人のあんたがやったことなんでしょうよ」

「もう一人の私ですか。それはおもしろい言い方だ」

鉄斎は薄く笑って応えた。

「おいらは是が非でもあんたをお縄にするぜ」

銀次はきっぱりと言った。紅潮していた鉄斎の顔からすうっと血の気が引いた。銀次の言わば宣戦布告だった。よろしい、と鉄斎は応えた。

「そうまで言うなら私も覚悟を決めるとしよう。不幸にも私の周りには忌まわしい事件が重なった。私のせいではないと言ってもあなた達は承知しないようだ。私ではない。しかし、銀次とやら、確かな証拠を持って来るがよい。私に有無を言わせぬ証拠を。その時は私は喜んでお縄になろう。真実と言うものは一つしかないのだ。誰があの岡っ引きを殺したのか、だれが小間物問屋の娘を殺したのか、存分に調べるがよい。さて、本日は残念ながら私はこれから出かけなければならない。又の訪問を心待ちにしておりますぞ。が、詰まらぬ吟味のお相手は御免被る。然るべき展開のあった時にこそ、おいで願いたい。よろしいかな？」

鉄斎はそう言うと「婆や、お客様がお帰りだ、お送りしてくれ」と台所の方へ声を掛け、自分は踵を返して奥の間に引っ込んでしまった。

「野郎！」と銀次は毒づいた。勘兵衛はゆっくりと立ち上がると、そんな銀次をいなすようにその肩を叩いた。

「よく言った。大したものだ。おれァお前ェに惚れ直したぜ。目の覚めるような啖呵《たんか》だった」

「よしちくれ旦那、目の覚めるような啖呵を切ったのは鉄斎の方だ」

「首尾は上々だ。あいつァ、お前ェに乗せられて半分白状していたじゃねェか。動かぬ証拠を持って来いと言ったぜ。よほど証拠隠しに自信があるのだろう」

「へい、何が何んでも証拠を摑みます。お菊のために。それから……」

「お芳のためにもな？」

勘兵衛が先回りして言うと、銀次は唇の端を歪めるようにして笑った。ふと、背中に視線を感じて銀次はぎくりと振り向いた。しかし、そこには奇妙にねじ曲がった松が初秋の風に微かに揺れているだけだった。

鉄斎の屋敷を出ると、二人は屋敷を囲んでいる練り塀沿いに歩いて、それとなく中の様子を窺った。母屋の後ろに政吉が言っていた土蔵があった。勘兵衛はひと気のないのを幸い、銀次に向かって顎をしゃくった。銀次は弾みをつけて塀によじ上り、たん、と乾いた音を立てて中に下りた。そのまま、にじり足で土蔵に近づき、横に回り、開かれている窓からそっと中を覗いた。黴《かび》臭い匂いが銀次の鼻をついた。眼を凝らすと棚にびっしりと書物が並んでいるのが見えた。棚の前に古びた長持ちが二つほどあって、長持ちの蓋は半開きになっている。女物のような着物の端がそこからだらしなく垂れていた。床は存外に清潔で、埃は溜まっている様子もない。中は涼しそうだと銀次は思った。さして不審なところはない。銀次は踵を返して塀に戻った。同じ動作で塀を上り、その時、ふと後ろを振り返った。土蔵の窓に一瞬だが何か影のような物が動いたと思った。

「どうした、早く下りろ」

勘兵衛が下から急かした。もう一度眼を凝らしたが、そこから斜めの角度になる窓では、はっきりしたことはわからなかった。

「何かあるか？」

裾を払った銀次に勘兵衛は訊いた。

「中は学問の本と長持ちがあるくらいで、大したことはねぇと思ったんですが、気のせいか、今、ちょいと怪しい影を見たような」

「………」

「もう一度、行って来ます」

「いや、今日はこのぐらいにしよう」

「ですが旦那、気になりやす」

「焦るな銀次。じっくり腰を据えて掛かろう」

「………」

「おれはこれから奉行所に戻って鉄斎の事件を洗い直す。お前ェはお芳の様子でも見て来い」

「あいつァ、父っつぁんの所の後始末をしていて、おいらが行っても大した役に立たねぇと思うんですがね」

「それでも心細い思いをしてるに違いねぇ。慰めてやりな」

「へい……」

二人は御徒町を抜けると柳橋で別れた。

銀次は豊島町の弥助の家に行ったが、お芳は出かけていて留守だった。しばらく待っていてもお芳の帰って来る様子はなかった。

銀次はそのまま「みさご」に廻り、一杯引っ掛けて自分の裏店に戻った。晩飯には早い時刻だったので飯は食べなかった。夜は屋台の蕎麦にでもしようと算段していた。

裏店ではそろそろ夕餉の仕度をする頃で、表に七厘を出して魚を焼いたり、米を研いだり、ひとしきりかまびすしい音に溢れていた。

「おや、親方、今日は早いね」

大工の女房のお熊が銀次に声を掛けた。

「ああ、今日はもう仕舞いにした」

「色々大変だったからね、たまにゃ骨休みしないと身体が持たないよ。そうだ、煮物を多目にこしらえたんだけど食べるかい？」

「あ、ああ。貰おうか」

「ついでに米も研いでやるよ。持って来なよ」

「そうだな、たまにゃうちで飯を喰うか」

銀次は自分の塒に戻り、釜に米を三合ほど入れて井戸に戻った。

お熊は手際良く米をしゃっしゃと研いだ。

銀次はその様子を辰吉の造った床几に座ってぼんやり眺めていた。鉄斎の顔が黙っていても脳裏に浮かんだ。あの自信はどこから生まれるのだろうと思った。鉄斎と、もう一人の誰か……もうひとりの誰かとは土蔵で垣間見た影であろうか。何もかもが謎に満ちている。

「親方」

「…………」

「親方ったら」

お熊が銀次の前に仁王立ちになっていた。

銀次は我に返った。女相撲の関取になっても充分通用しそうなお熊は怪訝な表情をしていた。

「疲れているようだね。さっさと飯を喰って寝ちまいな」

「ああ、ありがとよ。恩に着るぜ」

銀次は釜を受け取ると家に入り、竈に焚き付けをくべて火を点けた。釜に蓋をすると上がり框《がまち》に腰を下ろして再び放心した表情になった。弥助はどうしてあんな言葉を残したのだろう。弥助の着物は夜露に濡れていた。斬られてからしばらく気を失っていたようだ。意識が戻った時に力を振り絞って銀次の所まで這うようにやって来たのだ。鉄斎にやられたことより、お芳のことを銀次に頼みたくて。そんな弥助の気持ちが切ない。

お熊が丼に煮物を山盛りにして銀次に手渡した。銀次は顎をしゃくった。火に気をつけておくれよ、お熊の言葉を銀次は上の空で聞いていた。丼が掌の中で温かい。鉄斎と交遊のある学者達は鉄斎をどんな男と見ているのだろう。学問に優れていれば、彼の周りがどれほど疑惑に満ちていても意に介さないものなのか。わからない。

若旦那、と呼び掛ける声がしたと思った。

ん？ と顔を上げるや、眼の前を薄桃色の着物が通り過ぎた。ぷんと焦げ臭い匂いがして、お芳が釜の蓋を取って「あらあら」と言った。

「お芳」

「駄目じゃありませんか、ちゃんと火加減を見ていなくちゃ」

お芳は着物の袖を帯に挟んで、手早く竈の火を弱めた。土間に風呂敷包みが投げ出されていた。お芳は銀次を訪ねて来て、釜の飯が焦げていることに気づき、慌てて荷物を放り出して竈の傍に行ったのだ。

「お焦げが出来ちまいましたよ」

お芳は含み笑いしながら言った。坂本屋の台所で見かける仕事着ではなく、よそゆきの小花を散らした薄紅色の着物に、帯は喪中のことで黒の無紋のものを締めている。髪には銀細工の簪《かんざし》が挿してあった。その様子はとても女中には見えず、どこか町家の娘のような風情があった。

「おいらは今日、お前ェの所まで行ったんだぜ」

銀次は恩着せがましく言った。

「申し訳ありません。お世話になった方々にご挨拶をして廻っていたものですから」

お芳はそう言ってひょいと頭を下げた。色々、若旦那にもお手数を掛けました。お芳は律儀に銀次に礼を言った。

「てェした挨拶だな。行儀のいいこって」

「御飯の仕度をしていたのでしょう？　後はあたしが致しますよ」

「そうかい、お前ェ、急ぎの用事はないのか？」

「ええ、もうすっかり片付きました。若旦那の所へ寄ったら、お店に帰ろうと思っていたんですよ」

「じゃ、ゆっくりして行きな。そうだ、飯はまだだろ？　一緒に喰おうぜ、と言っても大したおかずはないが……」

「そのお煮しめ、おいしそう」

銀次は手に持っていた丼に気づいて、ああ、これがあった、と丼を目の上に持ち上げて笑顔になった。

「向かいのおかみさんに貰ったんだ。そこにいたろう？　体格のいい女だよ」

「ええ。いい人が近所にいて若旦那はお倖せですね……お味噌汁作りましょうか？」

お芳は狭い台所を見回しながら、味噌やらだしじゃこの在《あ》り処《か》を捜していた。実《み》にするようなものは無かった。銀次は豆腐でも買ってくらァと表に出た。裏店の女房達が固まってひそひそ何やら話し合っていた。銀次の家に入って行ったお芳が気になっているのだろう。銀次は中に戻り、お芳の着物の袖を引いて表に連れ出した。

「あの、お熊さん、こいつはおいらの女房になる女で、お芳って言うんですよ」

銀次がそう言うと女達の表情は弛んだ。

「まあ、そうですか、あたしゃまた……」

お熊が何か口の中でもごもご言った時、おみつが咎めるようにお熊の肘をつっ突いていた。銀次はこの間、裏店の門口の所で死んだ弥助の娘であると話すと、女達の顔に同情の色が浮かんだ。銀次はお芳の首のところを摑んで裏店の女達が何か言う度に頭を下げさせていた。

「ちょいと親方、犬でもあるまいし、それじゃあお芳さんの首が凝《こ》っちまうよ」

おもんが見かねて言うと銀次は慌ててその手を離した。女達は弾《はじ》けるように笑った。銀次はその場にいたたまれず、豆腐、買ってくらァと裏店を飛び出した。

晩飯を済ませて、お芳が洗い物を片付けると、銀次は行灯に灯を入れた。その灯りの下でお芳は風呂敷を解いた。

「ろくな物は残っていないんですよ。着物は近所の人に貰っていただきました。足袋《たび》も若旦那の足には合わないから、それもあげちまいました」

「おいらは何もいらねェよ」

「でも、これだけ」

お芳は献上博多の細帯を手に取っていた。

「これなら若旦那でも使っていただけるんじゃないかと思って」

「おお、こいつは上物だ。父っつぁん、こんないい物を持っていたんだな。貰っていいのか？」

「ええ、形見分けのつもりで」

お芳はそこでふっと涙ぐんだ。

「お父っつぁんたら、こんな物も後生大事に持っていたんですよ」

お芳は荷物の中から寝惚けたような色の珊瑚《さんご》の簪を取り出して言った。そいつァ、と呟いた銀次にお芳は肯いて、「おっ母さんの簪よ」と言った。

「父っつぁんはお前ェのおっ母さんのことを忘れねェでいた訳だ」

「そうね……それなのにあたしったら……」

お芳は天井を見つめて唇を嚙みしめた。親不孝しちゃった、という声が掠れて聞こえた。

「父っつぁんは最後の最後まで岡っ引きだった。おいらなんざ足許にも及ばねェ」

「若旦那にそう言っていただけて、お父っつぁん、きっとあの世で喜んでいますよ。でも……これで本当にあたし独りぼっちになっちまった……」

「何を言ってる」と銀次はお芳の肩を引き寄せて、おいらがいるじゃねェか、と言った。

お芳は銀次の腕をさりげなく避けた。しかし、それは拒むという感じではなかった。

「あ、それから……」

お芳は風呂敷の中を探って紫色の袱紗《ふくさ》に包まれた物を出して銀次の前に差し出した。

「何んでェ？」

「十手」

「え？」

慌てて中を開くと、確かに弥助の持っていた十手が入っていた。弥助は倒れた時、十手は持っていなかった。下手人と争って現場に落として来たのだろうと銀次は思っていたのだ。岡っ引きの十手に房はついていない。一尺三寸のそれは粗末な鉄製で太刀もぎの鉤《かぎ》がついている。持ち手には麻紐を巻きつけてあるだけである。その麻紐も手垢にまみれていた。弥助の岡っ引きとしての暮しが手垢に表れていると思った。しかし、銀次は訝しい視線をお芳に向けていた。

「どうしたんだ？　いつ、これを？」

「誰かが知らない間に置いて行ったのよ」

「どうして早くそれを言わなかった、え？」

銀次は声を荒らげた。

「だって、お弔いのごたごたであたし、忙しかったものだからつい……」

「お芳、お前ェはおいらがどんな稼業に就いているのか、わかっているはずじゃねェか。それを……いいか、これを置いて行った奴は父っつぁんを殺った下手人かも知れねェんだぞ」

お芳は俯いて「ごめんなさい」と謝った。

「まったく……」

銀次は舌打ちをしてから吐息をついた。

「それを若旦那から表様にお返しして下さい」

お芳は蚊の鳴くような声で言った。

「わかってらァ」

銀次は吐き捨てた。取りつく島もない銀次にお芳は所在なく、拡げられていた風呂敷を包み直した。

「本当に申し訳ありません。勘弁して……」

お芳はそう言って立ち上がった。

「どこへ行くんだ?」

「お店に帰ります」

「……………」

「ずい分お休みしちまって、お増さんがてんてこまいしているでしょうから」

「…………」

帰ると言われて銀次の気が抜けた。お芳に剣突を喰わせたことを途端に後悔していた。

「お芳……泊まっていかねェのか？」

上がり框《がまち》に足を踏み出したお芳に背中を向けたまま、銀次は低い声で言った。

「何んだか落ち着かないのよ。若旦那はご機嫌斜めだし……」

「しばらく御無沙汰してる間に心変わりしちまったのか？」

「なに言ってるんですよ」

お芳の口調がいつもの調子を取り戻していた。銀次は安心したように笑った。お芳の傍に行き、その肩に手を置いた。

「自分の都合のある時だけ猫なで声を出しても駄目ですよ」

「なあ、父っつぁんの一周忌までなんざ待てねェよ。年内に祝言を挙げようぜ。なあ、お芳、だから……な？」

銀次はお芳の首筋に熱い息を吹きかけ、唇を這わせた。お芳はわずかに身をよじった。

「お父っつぁんが死んだばかりなのに……」

不謹慎だとお芳は言いたいのだろう。銀次はお芳の身体を横抱きにして口を吸った。お芳の身体の力が抜け、低い呻き声を銀次は聞いた。お芳はわずかの間に雌になってしまったと銀次は思う。十七のお芳は銀次と深間になった時から男まさりの俠《きゃん》な性格に媚や嫉妬やその他、女特有のどろどろした情も持つようになった気がする。お芳にそそられているくせに銀次は時々それがやり切れないと思うことがあった。もう少し、お芳とはきれいな間柄でいたかったと銀次は時々思う。もちろん、お芳には自分が勝手なことを考えているのは毛筋ほども感じさせてはいないが。

銀次はお芳を寝間にしている三畳間の方へ連れ込み、歯の浮くような甘い言葉を囁きながらお芳の着物を一枚ずつ剝がしていった。

お芳は堅く眼をつぶり、銀次の腕にしがみついている。銀次はその力の強さに、お芳にはわからないように顔をしかめていた。

九

勘兵衛は自宅の書斎で文机を間に、息子の慎之介と顔を突き合わせて、奉行所から持って来た厖大《ぼうだい》な資料を読んでいた。すべて鉄斎に関係するものばかりである。十年前のものは紙の色も褪《あ》せて、墨の文字も判読に苦労するものが少なくない。慎之介に父上、老眼でしょうかと、からかわれていた。

夜も更けて、うねめを先に休ませていた。うねめは慎之介を、たとえお務めのこととは言え、夜遅くまで起こして手伝わせることに不満の表情を示していたが、慎之介が嬉々として手伝うと言うので、何も言わずに寝間に引っ込んでしまった。

「しかし、今更ながら凄いものですね、よくもこれだけのお調べを受けてお咎めなしというのも……」

慎之介は感心して言った。前髪からようやく大人の髪型になったばかりで、その顔にそぐわない気が勘兵衛はしている。子供扱いされるのを嫌う年頃なので、勘兵衛はなるべく慎之介を対等な扱いをするように心がけていた。そうする方が勘兵衛にとっても仕事がしやすかった。

「あいつァ、化け物だ」

勘兵衛は吐き捨てるように言うと、傍のぬるい茶をぐびっと啜った。慎之介は浴衣姿で、きちんと正座して資料をめくっていた。肩上げをしていてもおかしくはない、勘兵衛はそう思った。大男の勘兵衛に対して、慎之介はうねめの血統を継いでいるのか小柄だった。そのせいか、岡っ引きの銀次には好意的な表情を見せる。銀次も小柄な男である。もっとも、銀次は昔から慎之介の顔を見ると、こっそり小遣いを渡したり、菓子を懐に忍ばせていたりして慎之介の気持ちを惹いていた。慎之介が悪く思う筈がない。

「弥助さんの代わりに今度は小父さんが鉄斎を張るのですね。何んだかわくわくしますよ」

「小父さんはよせ。あいつはお前の下に就いている小者だぞ」

「それでも呼び捨ては気が引けますよ」

「名前で呼べ、名前で」

「はい……」

「どうだ。何か気がついたことがあるか」

「そうですね……」

慎之介は綴りをぱらぱらとめくって思案する顔になった。慎之介に資料を見せているのは今後のことを考えてのことだが、吟味に慣れて、肝心なことが勘兵衛には見えていないのかも知れないという、微かな危惧の念もあったからだ。

「事件の起きた日付なんですけれどね……」

「ん？」

「大抵、月の初めか半ばの十五日頃ですね」

「…………」

「季節で言うと、春から夏にかけてと……それから秋。たまに真夏にも事件が起きていますが、わたしには、真夏のものは発作的なものが強いように感じます。真夏の暑さは普通の人でもいささかおかしくなりますからね」

勘兵衛は煙管に火を点《つ》けた。目の前の息子の顔が頼もしく見える。親馬鹿でもなく慎之介は手習い所では優秀な生徒であった。いずれ、昌平黌の学問吟味を受けさせるつもりでいた。

同心に出世はないというものの、学問吟味で優秀な成績を修めれば、褒賞金と家禄の増額は望めるだろう。勘兵衛は大川の水泳で好成績を挙げて褒美を貰ったことはあるが、学問では慎之介に太刀打ちできないだろう。が、そういうことを慎之介の前で口にしたことはなかった。父親の沽券《こけん》にかかわる。

「それにこの資料を見た限りでは鉄斎の素性はわかりませんね」

「鉄斎は江戸者ではない。越後の寒村の出であると聞いたことがある」

「噂ですね？」

「まあそうだ。はっきりしたことはおれもわからぬ」

「困りましたね、それでは判断が難しい」

慎之介は眉間に皺を寄せて渋面を拵《こしら》えた。大人びた表情に勘兵衛は笑いが込み上げたが、もちろん笑うようなことはしなかった。煙管の煙にむせた振りをして咳き込んだだけだった。

「どのような判断かの？」

「下手人は生まれや育ちが影響している場合が多いですからね」

「そうだの」

「どなたか鉄斎の素性を詳しく知っている人物はいないものでしょうか」

「当たってみよう」

「お願いします」

「他には何んぞあるかの？　表殿」

「からかわないで下さい父上。わたしは真面目に話をしているのですよ」

「からかってなどおらん。おれだって真面目なつもりだ。お前の考えに感心したまでだ」

「それならいいですけれど……どうも父上は人を小馬鹿にする癖があるようで困ります。もう少し吟味に身を入れて下さい」

「ははーッ」

「それ、そのように、言った傍から……雨宮さんも父上と一緒で気の毒だ」

「あいつが何か愚痴をこぼしていたか？」

「どこまで本気でどこまでが冗談なのかわからないと言っておりました」

「ふん、あいつこそ調子者だ。父親は冷静沈着な男なのに、息子ときたら同心になるより幇《ほう》間《かん》になった方がお似合いというような男だ」

「悪いですよ、そんなことを言っては……」

「なに、ここだけの話だ」

「確かに宴席での座持ちはお見事ですけれど……おっと、肝心なことがお留守になってしまった。父上、わたしが頼んだことはお願いしますよ。それと……」

慎之介は綴りをせわしなくめくって「鉄斎が昌平黌を辞める少し前に、ええと、これは蔭間ですか？　男が殺されていますね？　ここには鉄斎と直接関係があったようには書かれていませんが……」と言った。

「それは下手人がわからずに終わったものだ。もしやと思って持って来たのだ」

「湯島の聖堂の近くにも蔭間茶屋なるものがあるのですか？」

「うん、ある」

「それでは全く無関係と排除することはできませんね。殺しの共通点は日付もそうですが、遺体の一部が欠損していることですね」

「うむ」

「銀次さんの話では殺してから食べたのではないかということでしたが、父上はどう思われますか？」

「わからん。そういう癖のある下手人ならば、まさしく頭のおかしな奴であろうが。しかし、常の鉄斎は至極冷静で、そういう素振りは見えぬ」

「ねえ父上。父上や銀次さんは最初から鉄斎を下手人と決めてかかっています。わたしはそこに疑問を覚えるのですよ」

「慎之介、あいつがこれら事件の下手人でなかったら、だれが下手人になるのだ？　すべて、あいつに何んらかの関わりがある者ばかりが殺されておるのだぞ」

「しかし、鉄斎は事件の現場と違う場所にいたことが確認されていますね？　それはどう説明をつけるのです？」

「…………」

痛い所を衝かれて勘兵衛は黙った。全く、それが一連の事件を藪の中に隠してしまっていたのだ。

「とにかく、父上は頭の中から一度鉄斎を追い払う必要があります。話はそれからにしましょう。わたしは取りあえず、気になることを調べて行くつもりです」

「何んだ？　気になることというのは？」

「後のお楽しみですよ。ああ、わくわくする」

慎之介は意味あり気な笑いを浮かべて言った。「もう寝るぞ」と勘兵衛は興醒めした顔で言った。

「しかし……」

慎之介は資料の綴りに未練があった。

「明日も早い。今日はこのくらいにしよう」

「はい」

慎之介は仕方なく綴りを片付け始めた。いったい、何刻《なんどき》になったのだろう。やけにあたりが静まっていた。灯芯のジジッと焼ける音が耳についていた。「お休みなさい」と挨拶して慎之介が自分の部屋に引き上げると、勘兵衛はいらだたし気に灯りを吹き消した。闇の中で勘兵衛はしばらくじっとしていた。

鉄斎……弥助の残した謎は依然、謎のままであった。

条吉は随分変わってしまったとお芳は思う。

お芳が坂本屋の奉公に上がった時、条吉はすでに丁稚として働いていた。牛蒡《ごぼう》のように細くて黒い顔をした少年だった。親が貧しくて口減らしの為に坂本屋に奉公に出された、と聞いている。その話は格別お芳の関心を引くものではなかった。この江戸で喰えなくて子供を商家に奉公に出すのは珍しくなかったからだ。ただ、粂吉の場合、親が何年分かの給金をまとめて受け取り、後は藪入りだろうが正月だろうが、一向に音沙汰がないことだった。そして金に詰まれば、また坂本屋を訪れて粂吉の給金を先取りして行く。そういうことが何度も繰り返されていたようだ。粂吉にも分別がついて来ると、銀佐衛門は粂吉にこのままでよいのか、と問いただすと、粂吉は大層驚いたそうだ。働いた給金は貯金されているものと本人は思っていたらしい。

粂吉は深川の実家に何年ぶりかで訪れて仔細を訊いた。父親は外に出ていたが、母親は散らかした家の中で昼間から酒を喰らっていた。

母親は子供が親の面倒を見るのは当たり前だと屁理屈をこねたそうだ。自分の先行きはどうなるのだと訊くと、明日は明日、どうでもなるさ、とふてぶてしく笑ったそうだ。

「あいつらは親じゃねェ」

粂吉は溜め息混じりにお芳に愚痴をこぼしたことがある。お芳は粂吉に親と縁を切れ、と忠告した。粂吉はそこまではしなかったが、卯之助に家の者が無心に来ても取り合わないように頼んで、それからの給金は確保することができたようだ。

様子がおかしくなったのは、この春に手代になってからだ。堰《せき》を切ったように遊びに駆り立てられるようになった。

お芳は粂吉の心の中がわかるような気がした。親に喰い物にされた少年時代。手代になった時、ほっと気の弛みもあっただろうが、その先の長い人生を思って暗澹《あんたん》たる気持ちに襲われたのではないか。これからまた、あくせく働いても番頭になるのはいつのことやら。首尾よく番頭になっても小間物屋の株を買って独立するのは、果たして自分に可能なことなのか、粂吉はそんなことを考えているのではないだろうかとお芳は思った。

だから、銀次に粂吉には気をつけろと言われても、粂吉を疑いの目で眺めることはできなかった。お芳が奉公に上がった当初は、手順がわからずに困っていると、粂吉は何かとお芳の力になってくれたからだ。お芳は昔のよしみで人の言わない小言も口が酸《す》っぱくなるまで言っていた。うるさがってはいても粂吉はお芳の小言を内心では喜んでいるようなふしがあった。

重陽《ちょうよう》の節句は別名「菊の節句」と言われる。

陰暦九月九日のこの日、朝廷では「菊花の宴」が開かれる。盃に菊の花を浮かべて飲む菊酒と栗子飯が宴の主なものである。

またこの日、朝廷では着綿《きせわた》を大内に献ずる儀式も行われた。

着綿とは七月一日から菊の花に綿を被せることで、菊の花びらにできるわずかな露を含み取るのである。菊の露は古代中国では長寿を保つ仙薬と信じられている。それが日本に伝わり、天皇の玉体を拭うことに使われるようになった。

江戸の庶民の間で、まさかこの行事の真似事をする訳もなかったが、人々はこの日を綿入れ小袖を着る日として覚えていた。翌十日からは足袋を穿《は》いた。

五つ（午後八時）前に戻った粂吉の恰好は衣替えの日に頓着する様子もなく、単衣が寒々としてお芳には見えた。粂吉さん、あんたそろそろ綿入れでなくとも袷《あわせ》を着て……とお芳は喉まで出ていたが、粂吉がぞっとするほど蒼い顔をしていたので言い出すきっかけを失ってしまった。

「粂吉さん、身体の具合でも悪いの？」

お芳は水瓶の蓋を取って水を飲んでいる粂吉に訊いた。

「え？」

「何んだか顔色が悪い」

「ちょいと風邪気味でね、それより皆んなはまだ起きているかい？」

「そろそろお休みになる時刻ですけれど、お内所はまだ灯りが点いているので旦那様や大旦那様は起きていらっしゃると思いますよ」

お芳は唇を袖で拭った粂吉に言った。

「今日は賭場でいい目が出たんだ」

「粂吉さん、あんたまだ……」

「おっと、お説教は聞き飽きてらァ。そんなことより土産を買って来たんだ。皆んなに振る舞ってくれねェか。豆大福だ」

「あら珍しい。雪でも降りゃしないだろうか」

お芳は軽口で応酬した。

「ふん、そんなことを言うからお前ェの分はねェよ」

「賭場で儲けた汚いお金で買った豆大福なんて、食べる気がしませんよ」

「相変わらず憎まれ口を言うよ。お前ェのはこっちだ」

粂吉は懐から別の包みを取り出した。

「何？」

「煎餅だ」

「あたしは大福よりもこっちの方が嬉しい」

「そ、そうだろうと思ってよ」

「お茶を淹れましょうね」

お芳はいそいそと茶の用意を始めた。粂吉は台所の座敷に座り、疲れ切った表情で俯いていた。

「賽子《さいころ》で遊ぶのも結構ですけれどね、そんなに疲れちゃ、明日のお仕事に障《さわ》りますよ」

「…………」

「もう子供じゃないから言いたくはないのよ。でも、この頃の粂吉さん、少し変だもの」

「わたしのどこが変だって？」

粂吉はぎろりとお芳を睨んだ。お芳は慌てて茶を淹れた湯呑と大福を持って内所に運んだ。それから住み込みの奉公人にも茶を淹れて、そちらにも豆大福を運んだ。粂吉からの差し入れだと言うと、住み込みの丁稚と手代はお芳と同じように明日は大荒れだのと口々に軽口を利いていた。

お芳は煎餅の包みを開け、掌大のそれを一枚取り出して前歯でぱりりと噛んだ。その瞬間、この世のものとは思われない呻き声を聞いた。お芳は身体を静止させて呻き声に耳を澄ました。何？　獣《けだもの》？　嫌やだ、何かしら？

目の前の粂吉が「逃げろ」と低く言った。

「もうすぐ押し込みの一味がやって来る、その前に逃げろ」

「あんた、押し込みの仲間だったの？」

「うるせェ、ぐずぐずしてるとぶっ殺されるぞ」

「大福に何を入れたの？　え？　粂吉さん」

ものが引き摺られるような音が聞こえた。背中を粟立てて振り向くと、庄三郎が口から白い泡を垂らしてやって来ていた。

「お芳、お前の仕業か……い？　……」

「旦那様、あたしは何も……」

向き直った庄三郎に粂吉はあわわ……と震えた声を出した。庄三郎は粂吉の着物の袖を掴もうと手を伸ばした。粂吉はその手を払い、ついでに庄三郎の額を足蹴にした。お芳は悲鳴を上げた。庄三郎が座敷に倒れると、粂吉はその拍子に表に飛び出して行った。呻き声は店中に幾つも重なって聞こえた。歯の根も合わないほどにお芳は身体が震えていた。腰も抜けそうだった。よろけるような足取りでお芳は表に出ると、いつも行っている自身番に向かっていた。

その時は粂吉が自分だけを助けてくれたのだと考える余裕はなかった。

銀次は「みさご」で晩飯を済ませ、いつものように八丁堀、地蔵橋近くの裏店に戻ったのは五つ過ぎていた。夜風がそれとわかるほどに冷たくなった。銀次は首を縮めて自分の家の油障子を開けた。手探りで行灯の位置を確かめ、灯を入れると三畳に敷いてある蒲団にゴロリと横になった。すぐに眠気が襲い、銀次はそれから半刻ほど夢も見ずに眠った。

ざわざわと人の話し声が聞こえた。「ここです、ここ……」そう言っているのは政吉だと、夢うつつで銀次は思ったが、起き上がりはしなかった。また眠りに引き込まれて行きそうになった時、今度ははっきりと油障子が叩かれる音を聞いた。

「兄ィ、いますかい？　兄ィ……」

銀次は蒲団から緩慢な動作で起き上がり、ゆっくりと戸口に近づいた。

「おう」と銀次は政吉に顎をしゃくったが、その後ろに雨宮藤助がいた。銀次は藤助の恰好に、いっぺんに目が覚めた。麻裏の鎖帷子《かたびら》を着込み、白木綿の襷をした半纏《はんてん》、股引き、脚絆、臑当《すねあ》て一本刀、頭には鎖の入った鉢巻きまで締めていた。捕り物をする時の同心の出で立ちである。ふと見ると、政吉まで手甲に鉢巻きの用意をしている。

「旦那……」

不意を衝かれて銀次は言葉がなかった。すわ、捕り物という時に酔い潰れて遅れを取ってしまったことが悔やまれた。藤助は勘兵衛の命令で銀次を迎えに来たのだろう。

「あいすみません。すぐ仕度します」

「銀次、そのままでよい」

藤助は言った。その途端、政吉がくうッと喉を鳴らし両手で顔を覆った。銀次は政吉の様子に尋常でないものを感じ取った。

「何があったんですか？」

銀次は藤助に向き直って訊いた。藤助の顔が一瞬、歪んだ。藤助は聞き取れないほどの早口で「坂本屋が押し込みに遭《あ》った」と言った。

「へ？」

銀次は藤助と政吉の顔を交互に見て、息を飲んだ。

「本当ですかい？」

「兄ィ、粂吉の野郎が手引きして……」

政吉が涙声でようやく言うと、銀次は途端に走り出していた。藤助は銀次に突き飛ばされてその場に尻餅をついた。政吉もすぐに銀次の後を追っていたが銀次の足には敵わなかった。兄ィ、と呼ぶ政吉の声がどんどん遠くなっていた。

坂本屋の前は夜分にもかかわらず、野次馬の人垣ができていた。それに与力・同心、中間、槍持ち、草履取り、近くの番所の岡っ引き等、総勢二、三十人詰めかけて、表向きは昼間の喧騒を思わせる賑やかさだった。

銀次の姿を認めた中間が表情を変えて「地蔵橋の泣き銀がめェりやした」と大声を張り上げると、群衆の中からどよめきのようなものが起こった。

「銀次……」

勘兵衛がつっと前に出て銀次の手を取った。そのまま雨戸の入り口から中に銀次を引き入れた。

「気の毒なことをした。今一歩のところで助けることができなかった」

店座敷の前の土間には敷き藁を被せられた死体らしきものが四つあった。

「見るな」

勘兵衛はしゃがみかけた銀次を強く制した。

「手代と丁稚の仏だ。御家族は奥の方に」

勘兵衛もまた藤助と同じ、捕り物の衣裳を纏《まと》っている。

「粂吉の仕業ですかい？」

銀次は平静を装いながら訊いた。勘兵衛の表情も自然に歪んでいた。

「やはり治助の仲間がまだいた。粂吉はその手引きをしたのだ。丸屋の手口と同じに石見銀山を使ってな。五人を捕らえた。二人は逃げているが時間の問題であろう」

「家の者は誰が殺られたんです？」

「………」

「旦那！」

銀次の頭の中で一箇所冷えた部分がものを言わせていた。

「大旦那と弟夫婦、手代の万吉、鶴吉、丁稚の今朝松《けさまつ》、それと万吉の所に遊びに来ていた大工見習いの留助《とめすけ》という男だ」

「おっ母さんとお芳は？」

「無事だ。母上は先に休まれていて難を逃れた。もっとも気が動転していて医者が様子を見ている。大丈夫だとは思うが……」

勘兵衛がそう言うと銀次はわずかに安堵の色を浮かべた。ほどなく政吉が汗をかきながら店に入って来ると、勘兵衛に頭を下げて銀次の後ろに控えた。

「雨宮はどうした？」

「おっつけ、いらっしゃいやす。あっしは仏のことがありますから、構わずに先に」

いつもの銀次の泣きを心配して政吉は言っていた。どんなに泣きが入ったところで、今日は誰も銀次を咎めはしないはずなのに、政吉はいつもの習慣で銀次に遅れないように急いでやって来たのだ。

銀次は死体の傍にしゃがみ、敷き藁をめくった。その前に政吉が手を出したが銀次はそれを振り払っていた。万吉たちは四人とも苦悶の痕が窺える。唇の端から白い泡を垂らしていた。

「済まねェな」

銀次は溜め息の混じった声で仏に詫びた。はっは、と銀次の口から荒い息が洩れ、肩が大きく上下した。

「畜生！」

押し殺した銀次の声が嗄《かす》れていた。

周りの者は銀次の一挙一動を息を詰めて見つめていた。

まるで笑っているような泣き声を銀次は立てた。気がおかしくなったのではないかと、自身番の番太郎はわざわざ銀次の傍まで行って、その顔を窺った。

　政吉は番太郎の頭を張った。

「手前ェ、ぶっ殺すぞ」

　政吉のその声は、自分も半べそをかいていたので、いつもの迫力はなかった。

　勘兵衛は泣きの治まらない銀次を引き立てて内所に促した。

「若旦那」

　お芳は内所に現れた銀次を見て、そう言ったきり、畳に俯《うつふ》した。

　お芳は蒲団に寝かされているまつの枕許に座っていた。まつは銀次を認めると蒲団の中から弱々しく細い手を伸ばしてきた。その手を握りしめて銀次は大きく肯いた。お芳の泣き声が高くなった。

「手前ェがついていて何んて様だ。粂吉には気をつけろと言った筈じゃねェか」

　銀次はお芳のくの字に折れたような背中に毒づいた。堪忍して……若旦那……と切れ切れにお芳は何度も謝った。

「銀さん、お芳に罪はありゃしないよ。お芳は何んにも知らなかったんだから。それどころか粂吉の夜遊びについいちゃ、わたいらよりもうるさく意見していたものさね。粂吉を身内のつもりでお芳は心配していたんだよ。身内を疑いの目で見ることはできないものだ。何が粂吉をそんなふうにしたものか……息子が岡っ引きだというのに罪人を出すなんて……何んて迂闊《うかつ》なんだ、これで坂本屋も終わりだねェ。ああ、御先祖様に申し訳ない……」

まつは泣き腫らした眼にさらに新しい涙を溢れさせた。

「おっ母さん、心配するねェ。おいらがついているから……」

銀次がそう言うとまつは洟をすすり上げて肯いた。襖が開いて、内所と続いている寝間から町医者の玄庵《げんあん》が白髪混じりの頭を下げて出て来た。玄庵は医者の着る焦げ茶色の十徳《じっとく》姿の恰好だった。

十徳の前が血や吐瀉物でかなり汚れていた。

中には玄庵の弟子が二人と卯之助の姿が見えた。三つ並べられた蒲団に銀佐衛門と庄三郎とお春が寝かされていた。まだ顔を覆う白い布の用意とてない。それだけこの事件が唐突に起こったことを物語っていた。

「ずい分、手を尽くしましたが私の力が及びませんでした。申し訳ありません」

玄庵は疲れ切った声で言った。

「先生、色々ありがとうございました。お手数掛けやした」

銀次は頭を下げて礼を言った。

「解毒の効果も及ばないほど毒の量が多くて、石見銀山の砒石《ひせき》の恐ろしさを改めて思い知りました。ほんのひと口で皆、こと切れております。菓子の中に致死量以上の砒石が入れられておったのでしょう」

「先生、お春は赤ん坊が腹にいたんですが、それは……」

「残念ながら、母親が死ぬと赤ん坊も死にます。諦めて下さい」

「そうですか……」

銀次は吐息をついて俯《うつむ》いた。知らせを聞いて親戚も集まって来たようだ。台所や店先の方から獣のような泣き声が聞こえている。八丁堀の役人が家のあちこちを調べている足音も騒がしい。それでいて、家全体が奇妙な静謐《せいひつ》に包まれていた。

「若旦那」

卯之助が奥から出て来て、銀次に呼び掛けたきり床に頭を擦りつけるようにして俯いた。

銀次は卯之助に近づくと思いっきり、その顔を蹴った。卯之助はのけぞり、茶簞笥《ちゃだんす》に頭をぶつけて鼻血を出した。銀次はそうせずにはいられなかった。勘兵衛は興奮した銀次の腕を強い力で摑んだ。

「やめろ銀次。番頭にやつ当たりしてどうなる」

「うの、手前ェの眼は節穴か」

銀次は吠えて、なおも卯之助に摑み掛かろうとした。勘兵衛も声を荒らげてそれを止める。

「やめて下さい。皆んな、あたしのせいだから。あたしがしっかりしていなかったから」

お芳が卯之助を庇って必死の表情で言った。

卯之助は一つも弁解しなかった。銀次はお芳に醒めた眼を向けた。

「手前ェだけが助かって……」

お芳は銀次がそう言うと、いやいやをするように顔を左右に振り、唇を噛み締めていた。

十

「坂本屋手代　粂吉
右の者儀、押し込みの一団の手引き致し、小伝馬町小間物問屋坂本屋を襲い、主人銀佐衛門、その息子庄三郎、庄三郎の妻お春、手代万吉、同じく鶴吉、丁稚今朝松、大工見習い留助を砒石入りの大福にて殺害せしめ、先に江戸追放となりし新川酒問屋丸屋の手代治助こと山田治兵衛の仲間、服部勝右衛門、神谷勝十郎、政木長次郎、寺本吉太夫、津崎因《いな》幡《ば》、大塚喜兵衛と共謀し、金、都合百五十余両、銭、七、八貫文を奪う、上野山内に運びし途中、訴えによりこれを捕らう、先の押し込み事件に加担致し事も判明す、辻ばくちを行い、遊女を買い上げ、酒食に溺れんが為に盗み心掛け候段、不届至極につき市中引き廻しの上、獄門に処す」
粂吉の生涯は僅か十八年で幕を閉じた。

与力、青沼靫負《ゆきえ》は坂本屋の住み込みの奉公人の中で、お芳一人が難を逃れたことに不審の目を向けていた。勘兵衛がいくらお芳が弥助の娘で銀次と夫婦約束を交わしている娘だと説明しても納得しなかった。

お芳が豆大福を食べていなかったというなら、まだしも問題はなかった。大福の代わりに煎餅の方を食べたということに靫負はこだわった。そう言われてみると勘兵衛も解せない気持ちになった。何故、お芳は皆んなと一緒に大福を食べなかったのか。こういう場合、大福よりも煎餅の方が好きだったから、という理屈は通らなかった。粂吉はお芳だけは殺すつもりがなかったことは明らかである。

そうしてお芳は程度の差こそあれ、事件が起こることを事前に知っていた、ということに解釈されてしまった。毎朝のように自身番に日参していたことも裏目に出てしまった。

お芳は奉行所の動きを探っていた密偵の疑いが掛けられてしまったのだ。

「旦那、お芳はまだ解き放しにはなりませんか？」

銀次は毎日勘兵衛の役宅を訪れては同じ質問を繰り返した。うねめは銀次が気の毒でならず、話をするのも辛そうな表情であった。

お芳は茅場町の大番屋の牢に収監されていた。お芳はそこで昼夜を問わず、厳しい取り調べを受けていた。靫負の吟味は厳しいことで有名だった。耳を塞ぎたくなるようなことも再三お芳は訊かれているだろうと、勘兵衛はお芳を不憫《ふびん》に思った。吟味に私情が絡むことを恐れて、勘兵衛は外して貰っていた。

「卯之助の口添えもあるから、そう長くはならないと思うが……」

勘兵衛は微かに色づき始めた庭を眺めて低い声で応えた。

「くめの野郎、何んでお芳だけに煎餅を喰わせたものやら」

吐息をついて銀次は言った。

「大福を喰ったら死んでいたろうが。お前ェ、お芳もいっそのこと死んでくれたら、と思っているんじゃねェだろうな」

「ま、まさか……。おいらは粂吉がお芳だけに情けを掛けたのが解せねェ訳で」

「惚れていたんだろ」

「………」

「気の強い女が好みの男は存外に多いぞ」

「あんなお多福を……」

「いや、お芳はいい女だ。あの愛嬌のある笑顔が何んとも言えずいい」

「旦那、からかわないで下さい。おいらがお芳を女房に決めたのは手前ェの身丈に合った女だからですよ」

「ほう、それなら坂本屋の主人になったらお芳は捨てるのか？」

「おいらは坂本屋を継ぐとは言っていませんよ」

「では店を潰すのか？」

勘兵衛の質問に銀次はぐっと詰まった。葬儀には勘当を解いて貰い、喪主として銀次は弔問客に礼をのべた。誰しも坂本屋の跡は銀次が継ぐものと思っているようだ。地蔵橋の裏店の住人も葬儀に来てくれた。お熊は人目も憚らず声を上げて泣いてくれたものだ。心底、ありがたいと銀次は思った。坂本屋の台所はそんな裏店の女房達が交代で手伝いに来ていた。

「卯之助が跡を継いでくれるといいんですがね、なかなか……」

銀次は困惑した表情で言った。

「それは母親が承知しないだろう。実の息子がこうしているのだから」

「おいらは小間物問屋より岡っ引きが性に合ってます」

「銀次、手前ェのことばかり考えるな。坂本屋は大店だ。奉公人の数も多い。そればかりでなく、坂本屋から仕事を貰って糊口《ここう》をしのいでいる人間もかなりいる。美顔水の基《もと》になっているへちま水を造る職人だの、天女香《てんにょこう》を包む畳紙《たとう》を折って銘を入れる内職を引き受けている者だの……」

「…………」

「岡っ引きが性に合うなどと御大層な口を利く。けちな岡っ引きがどうした？　お前ェがいなくても替わりは幾らでもいる。だが、坂本屋の跡継ぎは一人しかいない」

　銀次は勘兵衛の言葉にかッとしていた。

「お言葉ですが、おいらはそのけちな岡っ引き稼業に十年の歳月を掛けやした。この十年、拙《つたな》いながらお務めを果たして来たつもりです。小間物のことはまるで勝手がわからなくなってますよ。おいらが跡を継いだら、また一から出直しですよ」

「ふむ、一から出直せ」

　勘兵衛はいとも簡単に言った。

「だ、旦那、そいつァ、つれない話じゃねェですかい？　おいらは叶鉄斎の事件をそのままにはできねェ。十手は意地でも返しません」

　銀次は立ち上がって踵を返していた。

「待て……」

　振り向くと勘兵衛は吐息をついて苦笑いを浮かべていた。

「卯之助に頼まれたから言ってみたのだが、やっぱりの、そうは問屋は下ろさねェ」

「うのが？」

　銀次は怪訝な眼を勘兵衛に向けた。

「うのが旦那の所に来たんですかい？」

「ああ。お前ェが坂本屋に戻るように口添えを頼まれた」

「欲のねェ男だ」

「坂本屋にいてくれるだけでいいと言った。商売はこれまで通り自分が取り仕切るから、お前ェには主人の地位だけ守ってほしいとよ。銀次、いい番頭だ。坂本屋があれだけの店になったのもおれァ、なるほどと思ったものだ」

「おいらは主人顔していればいいと？」

「ああ。今までと同じにお前ェは必要がある時はおれの伴について構わねェそうだ」

「…………」

「どうだ？　異存はないか？」

「こいつァ……」

思ってもいなかった展開だった。銀次は岡っ引きを辞める気はさらさらなかった。かと言って坂本屋の看板を下ろすことは、まつの手前できない相談でもあった。店の行く末を銀次なりに悩んでいたのだ。ぱっと闇の向こうに光を見たような心地がした。卯之助の思惑以上の名案は銀次に浮かばないだろう。

「旦那はそれでも構わねェですか？」

銀次の問い掛けに勘兵衛は大きく肯き、これからは泣きの銀次ではなく、小間物屋銀次だの、と洒落たことを言った。

銀次が勘兵衛の屋敷から外へ出ようとした時、慎之介が慌ただしく戻って来たのにぶつかった。

「坊ちゃん、どうしたんです？　こんな時分に」

本来なら奉行所内にいる時間だった。慎之介は銀次の質問には応えず、「父上はまだおりますか？」と逆に訊ねていた。

「中におりやす」

慎之介は雪駄をいらいらした様子で脱ぎかけて、ふと銀次を振り返り、「ああ、銀次さん、銀次さんも来て下さい。鉄斎の件で新しいことがわかりました」と言った。

慎之介は庭を見渡せる座敷にいた勘兵衛に「父上」と、息を弾ませた声で呼び掛けた。

「何んだ、今頃」

勘兵衛も銀次と同じように慎之介が時刻でもないのに戻って来たことに怪訝な顔をして訊いた。

「雨宮さんに断って来ています」

慎之介は早口に言って懐から書き付けのようなものを取り出した。

「雨宮とて見習いだ。見習いが見習いに断りを入れても仕方がない」

勘兵衛は説教口調になった。

「当たり前です。わたしが言っているのはお父上の方の雨宮さんです」

「…………」

「これを見て下さい」

慎之介は殴り書きした書き付けを拡げて勘兵衛の前に差し出した。そこには某月某日という日付の羅列があるだけだった。

「これがどうした？」

勘兵衛は呑み込めない表情で言った。

「銀次さん、こっちへ」

慎之介は後ろに控えていた銀次を勘兵衛の傍に来るように促した。

「これが何んだかわかりますか？」

慎之介は日付を二人に見せて試すように訊いた。

銀次にはさっぱり訳がわからなかった。勘兵衛も首を傾げている。

「わたしは今朝、浅草司天台に行って来ました。これはここ十年の月食の記録ですよ」

「坊ちゃん、月食というと？」

「月がお天道さまの光から逃れて暗く見えることです。少し気をつけていればわたし達にもわかるそうですが……」

「おいらはさっぱり……」

銀次は頭を掻いた。

「二人とも血のめぐりが悪いですね、いいですか、月食の理屈など、この際どうでもいいのです。問題は月食の起きる時というのが必ず、満月の日に限るということなのです」

銀次は満月と聞いて反射的に叶鉄斎の屋敷に植わっていた松の樹を思い出した。勘兵衛は合点が行ったらしく「おお」と感嘆した声を上げた。江戸の暦は月の満ち欠けで決められている。ひと月は太陽が月と同じ方向に見える朔《さく》（新月）から始まり、次の朔までの経過を日数で表す。この伝で行くと、満月は月の十五日か十六日に当たる。人々は満月で、月の半ばであることを知るのだ。しかし、月の満ち欠けは暦の日付と一致しない部分も出るので、司天台はその調整も行なうのだ。

「銀次さん、鉄斎の事件は皆、満月の夜に起きているのです」

「…………」

弥助が殺されたのは月見の晩だった。そう言えばお菊が殺された日も月の半ば頃、満月であったかは覚えていなかったが。鉄斎に関する事件は人の目に見える満月と、人の目に見えない満月に起きていた。つまり、月の半ばと月末だった。

「わたしは鉄斎の事件の起きた日付にこだわっておりました。ふとした拍子に雨宮さんがわたしの書き付けを見て、浅草司天台に訊ねてみよとおっしゃったのです。あそこには素晴らしい人が何人もおりました。月食の記録と不思議に符合することから事件が満月の夜に起きていることがわかったのです」

「慎之介、でかした」

勘兵衛はやや大袈裟に思える口ぶりで慎之介を褒めた。

浅草司天台は浅草片町の裏通りにあり、頒暦所、あるいは単に暦所と呼ばれていた。

太陽の南中（子午線経過）の測量、日月食、惑星（特に留《りゅう》）、月星の食犯、彗星《すいせい》、濛気差《もうきさ》（大気差）の観察を行っていた。天文方の高橋至時《よしとき》、間重富《はざましげとみ》が従事していた。

「天文方の話によると、異人の国には満月の夜に人が獣に変身する言い伝えがあるそうです。それはお伽話の一つなのだそうですが。しかし、満月の夜というのは人の神経を怪しくさせる力もあるとか……理由はわかっていませんが」

「坊ちゃん、鉄斎は満月の夜に獣になるんですかい？」

銀次は慎之介の話に半ば感心しながら、半ば訝しむ気持ちで訊いた。

「銀次さん、この前も父上に話したのですが、一度、鉄斎から離れてものを考えて見ませんか。一連の事件は満月の日に起きていることがわかりました。その日に人を殺したくなる人間というのは、わたしにはどう考えても普通とは思えません。ところが、鉄斎はどうです？とてもそんなところは見受けられない。誰に訊いても答えは同じでしょう。ですから、これから銀次さんと父上がしなければならないことは、鉄斎の生まれ育ちを調べることなのです。鉄斎の親兄弟、昌平黌へ上がるまでの経緯です。鉄斎はいかにして今の地位を築いたか、なのです。まあ、わたしが手伝わないこともありませんが……」

慎之介は得意そうに小鼻を膨らませていた。

「坊ちゃん、お願いします」

銀次は殊勝に頭を下げて言った。

「鉄斎の友人関係を当たるか……しかし、難儀だの」

勘兵衛は煙管に一服点けて、眼を細めるようにした。

「鉄斎の友人達は学者揃いだ。おれ達のような羽織着流しが周りをうろうろしたところでいい話が訊けるとは思われぬ。前に一度、吉原の妓楼で狂歌の集まりを開いていることは聞いたが」

「旦那、どこの見世です？」

「玉屋、いや扇屋だったかな？」

「そいじゃ、おいらにはまるっきり、知らねェ場所でもねェ」

「またぞろ吉原通いを始めるのか？　しかし……」

勘兵衛は逡巡した表情になっていた。それが早道であることはわかったが、勘兵衛の小遣いの範囲で吉原の見世に上がることは難しい問題である。見廻りの店でおひねりを頂戴すると言っても多寡が知れた。馴染みの客となって見世の主や遊女達から警戒心を払うためには、一度や二度の登楼では済むまい。勘兵衛はその経費に頭を悩ました。奉行から出して貰うというのも、直接捕り物に結びつくものではないから難しい。

「旦那、揚げ代のことでしたら御心配には及びませんよ」

銀次は勘兵衛の胸の内をすばやく察して言った。

「お前ェに当てがあるのか?」

「坊ちゃんじゃないが、血のめぐりが悪い、おいらは坂本屋を継ぐと決めたんじゃねェですか。坂本屋が後ろに付いていたら、遊女屋の揚げ代など屁でもねェ」

「え? 銀次さん、坂本屋の主人になるのですか?」

慎之介の表情が輝いた。

「ええ、坊ちゃん、これからは小間物屋と岡っ引きの二足の草鞋ですよ」

「いやあこれは素敵だ」

「下衆《げす》のような口を利くな」

勘兵衛は舞い上がった慎之介を厳しい表情で諫《いさ》めた。

「そいじゃ、おいらはこれで。坂本に行って卯之助とこれからのことを相談して来ます」

「おお、行って来い」

「あ、銀次さん、お芳さんが明日の朝、お解き放しになるそうです。雨宮さんが青沼さんから聞いたそうですから確かでしょう」

「………」

「それを早く言え!」

勘兵衛は慎之介の頭を手加減もせずに一つ張っていた。

十一

今にも泣き出しそうな雲が重く頭上を覆っていた。おまけに風も強く、大番屋の前で半刻も待っていた銀次は唇を紫色にさせていた。

五つ（午前八時）には出て来るはずのお芳が一向に姿を見せない。これは慎之介の聞き違いではなかったのかと不安が銀次を捉えていた。所在なげに銀次は大番屋の前を行ったり来たり、埃が風で吹き上げられて、踏み固められた地面が黒々と見えるのを雪駄の先でつっ突いていた。首巻きでもして来るんだったと、裾から這い上がって来た寒気に首を縮めた時、大番屋の戸障子が開いた。

青沼の配下の同心につき添われたお芳が、ほつれ毛の目立つ髪で出て来た。銀次に気がつくと泣き笑いのような表情になった。

「行ってよし」

同心は慇懃《いんぎん》にそう言うと、銀次に胡散臭い眼を向けた。銀次は頭を下げた。同心は、ふん、と鼻先で笑ったような気がしたが、そのまま中へ入り、戸はすぐに閉じられた。埃混じりの風が閉じた戸に吹きつけた。

「辛え目に遭っちまったな」

銀次が言うとお芳は首を振った。「迎えに来ていただけるなんて思ってもいませんでした」と俯いてお芳は言った。

「それほど薄情者でもねェつもりだ」

お芳は銀次の言葉に嬉しそうに笑ったが、二、三歩、足を進めてふうっと気を失った。

「お芳！」

蠟燭《ろうそく》のように白い顔には血の気が全くなかった。この四日ほど大番屋の中でお芳はどんな思いをしていたのか、銀次にはわかり過ぎるほどわかった。銀次は手応えのないお芳の身体を背負い、坂本屋に向けてよろよろと歩き出した。自分でとっとと歩く分には埒もない距離が、途方もなく遠く感じられた。

一町も歩かない内に、銀次は寒気どころか全身が汗まみれになっていた。何を喰って、こんなに重いのかと、銀次は自分の身体が小柄なことを忘れて思っていた。

「親方」

二つ目の辻で銀次は天秤棒を担いだ辰吉に声を掛けられた。

「辰っつぁん」

「どうしたんです？」

「お芳が気を失っちまってよ。これから坂本屋に運ぶところだ」

「あっしが背負いましょうか？」

「ありがてェ、そうしてもらえると助かる。しかし、その天秤はどうする？」

「親方持って下さいよ」

「…………」

　客を送り出していた卯之助は銀次と辰吉に気づいて呆気に取られた表情をした。口に手を当ててぷっと噴き出したのは、銀次が棒手振りの格好をしていたからだろう。銀次は心の中で（あの野郎、笑ったな）と苦々しく呟いた。

「御苦労様でした。店先は何んですから、恐れ入りますが裏へ廻って下さい」

　卯之助は銀次から青物の入った天秤を受け取って、自分も裏口へついて来た。笑い顔は一瞬のことで、お芳を心配する番頭の表情に素早く戻っていた。

「手前ェ、さっき笑ったな」

　銀次が言うと、「いいえ、とんでもない」と涼しい顔で首を振った。

　女中のお増は甲高い声で「お芳ちゃん」と呼び掛けた。お芳は薄く眼を開けて応えたが、ぐったりとして力が入らないようだった。

蒲団に横にして医者の玄庵を呼びにやり、銀次は辰吉と卯之助の三人で台所の座敷に腰を下ろした。

「疲れたのですね？　あの気の強い娘がこんなふうになるなんて、大番屋とは恐ろしい所です」

卯之助はそう言うと女のような仕種で火鉢の灰を掻き立て、茶の用意を始めた。

ほどなく医者の玄庵が焦げ茶色の着物と対《つい》のたっつけ袴の十徳姿で現れ、せかせかした足取りで女中部屋に入った。座敷にいた三人は診察が終わるまで茶を啜りながら待っていた。

「人によっては牢から出て、そのまんま具合を悪くして死んじまう者もいるそうですよ」

辰吉は縁起でもないことを言った。銀次の胸にふと不安がよぎる。卯之助は銀次の表情に気づき、そっと辰吉の肘をつっ突いていた。

辰吉は首を縮めて黙った。ぱらぱらと雨粒が軒を打つ音が聞こえたと思ったら、みるみる外は暗くなり、ついで天水桶をぶち撒いたように激しい雨になった。

「ひでェ降りになった」

辰吉の声に溜め息が混じった。今日の商売はこれで仕舞いになるのだろうかと銀次は辰吉が気の毒になり、辰っつぁん、青物は皆んな置いてっていいぜ、と気を遣った。

「いいんですよ親方。あっし等の商売はお天道様まかせだから、こんな日があっても仕方がないんです。大根ばかり置いても困るでしょう」

「すんなら、気持ちで二、三本置いていってくれ」

「ありがとう存じます」

辰吉が頭を下げて口許を弛めた時、玄庵が診察を終えて戻って来た。

「ひどく疲れておりますが大事には至りません。二、三日ゆっくり眠れば回復します。滋養のある物を食べさせて下さい。とにかくあの娘は色々なことが重なって、見掛け以上に身体がまいっていますよ。薬を処方しておきました。詳しいことはお女中に言ってありますから」

「世話ァ掛けやした」

「やあ、降って来た。私もちょいと雨宿りと洒落込みますか」

玄庵は気さくに銀次達の間に座った。玄庵は小伝馬町の町内に住む町医者で、呼べば昼夜を問わず駆けつけてくれる頼もしい男だった。年は六十近くになるのだが、立居振る舞いはきびきびとして老いを感じさせなかった。

さっぱりとした人柄も人々が好感を寄せる理由であった。

「奉行所の雨宮角太夫とは幼なじみですが銀次さんは御存知かな」

玄庵は渋茶で喉を潤すと世間話のつもりで口を開いた。

「へい、雨宮さんはおいらが岡っ引きを始めた頃からよく存知ておりやす。あの人の息子さんも今は見習いでお役所に通っております」

「ほう、あのへなちょこ息子もそんな年になりましたか」

玄庵は藤助の資質を見抜いているようなことを言った。銀次は玄庵の口調が可笑しかったが笑う訳にはいかなかった。藤助は見習いとは言え、銀次の上司に当たる立場の人間だった。

「雨宮は、今は閑職に就いているようだが、昔はあれでなかなか血気盛んな男でした。この前会ったのは、三年、いや五年前になりますか。昌平黌の学者のことで私に意見を求めて来た時でしたな。久しぶりに飲んで楽しかった。あれからずい分会っていない。お互い年で酒が翌日に残るようになったせいかも知れませんが」

「先生、その学者というのは叶鉄斎のことですかい？」

銀次はつっと膝を進めて玄庵に訊いた。

「ほう、あんたもあの男に興味がありますか？」

「へい、興味があるも何も、おいらはあいつをお縄にするまでは店の商売に本腰を入れる気にはなりやせんよ」

気負った口調になった銀次に玄庵は束の間、押し黙った。まずい話題を提供してしまったという表情だった。卯之助は気を利かせて「わたしはお店のことがありますので、ちょいと失礼致します。先生、ごゆっくりどうぞ」と頭を下げて台所から出て行った。辰吉は土間の隅の方へ行って銀次に背を向けていた。

「雨宮さんは先生にどんなことを訊いたんですか？　よかったら聞かせて下さい」

「雨宮は私に相当な学問を積んだ者が犯罪に走る理由について訊ねて来ました」

「それで先生は何んと応えられましたか？」

「わからぬと申しました」

「…………」

「ただ、怨恨が深い場合は学者といえども人の子だから、考えられないこともないと雨宮に言いました。銀次さんは雨宮から何も聞いていませんか？」

「あの人には滅多に会うことはありやせん。おいらは定廻りの表勘兵衛という旦那に就いておりますから」

「表太左衛門殿の息子さんですか？」

「いやあ、先生は奉行所の役人なら皆、御存知なんですね」

　銀次は感心した声で言った。

「表太左衛門殿は神道無念流の相当の遣い手でした。剣士の間であの男を知らない者はなかったですよ」

「その息子の腕も相当なもんです」

「ほう、そうですか。蛙《かえる》の子は蛙ですね」

「孫は腕よりもこっちの方がいいです」

銀次は自分の頭を人差指でつっ突いた。玄庵はふっと笑った。が、すぐに笑顔を消して厳しい表情になり「叶鉄斎については雨宮もかなり調べを進めたようでした」と言った。

「しかし、埒は明かなかったんですね？」

銀次の言葉に玄庵は肯いた。

「鉄斎の噂を聞くようになったのは、天明の飢饉の後のことです。彼はどこぞの村から出て来たのでしょう。唯一、自分の頭だけを頼みに。学問所の主幹というと二百俵十五人扶持《ぶち》。よくもそれだけの位に上がったものだと私は感心しております。私が不審を覚えていることと言えば、鉄斎が旗本、御家人の息子でもないのに、あれだけの学者にのし上がった点でしょう」

「おいらは学問のことはとんとわかりやせんが、表の旦那の話では鉄斎の後ろには旗本のお侍が何人もついているそうですよ」

「ほう、よほど取り入り方がうまかったのか、それとも噂通り、並はずれた頭の持ち主であったのか」

「頭の方でしょう。付け焼き刃なら、いずれ、ぼろが出ますから」

「そうでしょうな。しかし、薄気味が悪い。そういう男が本当に人殺しを働いていたとすれば……」

「そうです。おいら達が躍起になるのは、あの男が並の人間とあまりに違うからなんです。

恐らく、人の歴史が始まって以来、鉄斎ほどに頭のいい下手人というのは今までもこれからも二人とは現れないでしょう。おいらはそう思っておりやす」

銀次がきっぱりと玄庵に言った時、辰吉が立ち上がり、「雨ァ、上がりやした」と誰にと
もなく呟いた。

「お、おお、とんだ長居をしてしまった。銀次さん、いずれまた話を致しましょう」

玄庵はそう言って腰を上げた。

玄庵が出て行ってから、辰吉は天秤棒を引き寄せ、大根を三本、台所の流しに置いた。

「辰っつぁん」

銀次は辰吉の掌に銅銭を落とした。こりゃどうも、と辰吉は頭を下げた。

「そうか……」

「親方、叶さんのお屋敷では魚屋も結構な量の品物を納めているそうです」

「あっしが二人暮しなのに多過ぎると思わねェか、と魚屋に言うと、そう言やそうだなと相
槌を打ちましたが、その魚屋は前に叶さんの屋敷から物貰いみてェな男が出て来るのを見た
ことがあると言っておりやした」

「………」

「施しをしてるんじゃねェかと魚屋は思ったんですがね、その男は夜のことで顔はよく見え
なかったんですが、後ろ姿が叶さんと似ていたそうです。いや、歩き方がそっくりだったの

かな」

「いつの話だ？」

「三年ほど前だそうです」

「鉄斎に兄弟でもいるのか……落ちぶれた身内がいれば、鉄斎ほどの男なら隠すだろうな」

「物貰いの兄弟ですか？　叶さんなら放っておくでしょうか。面倒を見て、せめて形《なり》だけでも小ざっぱりしたもんを着せてやるんじゃねェですか？　あっしは違うと思いますがね」

辰吉の話には一理ある。銀次は混乱していた。

「若旦那、お芳ちゃんが気がつきました」

お増が台所にやって来て銀次にそう言った。

辰吉はそれを潮に「そいじゃ、御免なさい」と表に出て行った。軒先から雨の雫《しずく》が伝っていたが、薄陽は射していた。辰吉は、これからもうひと仕事できるだろうと銀次は思った。

「大丈夫か？」

銀次が訊くとお芳は肯いて薄く笑った。

「頭がずきずきするけど……」

「疲れが溜まっているんだ。二、三日寝ていりゃ治るさ。玄庵先生もそう言っていたよ」

「若旦那、あたし、ここにいていいの？」

「なんでェ、藪から棒に」

「牢屋に入った女がいたんじゃお店に傷がつく……」

「馬鹿言うな。お前ェはちょいと吟味の筋で入っただけだ。何んの咎めも受けたわけじゃねェよ。そいつァ、おいらが一番よく知っている。お前ェは安心して今まで通りに働いていればいいんだ。いや、これからはおっ母さんの面倒だけでいい。台所の女中を一人雇うつもりだ」

「お内儀さんのお世話だけなんて、あたし身体がなまってしまいますよ。台所はあたしとお増さんで充分ですよ。……誰もいなくなったんだもの……」

お芳は蒲団を眼まで引き上げて涙ぐんだ。

「大番屋は怖かった……」

お芳は思い出したように続けた。

「そうか……」

「与力様はあたしが粂吉さんと深い仲だったのかと何度もしつこく訊いたわ。……嫌やだった、とっても……」

「もうよせ。済んだことだ」

「あたしも死ねばよかった」

「お芳」

銀次は蒲団に手を入れてお芳の手を握った。

「粂吉さん、どうしてあたしにお煎餅なんて食べさせたのかしら」

「あいつァ、お前ェに惚れていたんだ。お前ェだけは殺したくなかったのよ。悪い奴だが一つだけまともな所もあったんだ。だが、おいらはあいつの罪が軽くなるように取り計らうつもりはなかったぜ。親兄弟を殺されたんだ。憎んでも憎み切れねェ……」

「………」

銀次は握った手に力を込めた。お芳は眼を閉じた。睫毛《まつげ》が震えて、すっと涙の雫がこめかみの方に流れて行った。

十二

家族の四十九日の法要が済むと、銀次は深川の料亭「平清《ひらせい》」で跡目相続の披露をした。これで銀次は坂本屋の正式な跡取りとなった。すぐにでもお芳と祝言を挙げるつもりであったが、まつから待った、が掛かった。葬式やら跡目の披露やらで店もそうだが、呼ばれる客の懐をずい分煩わせている。祝言は春に延ばしたらどうかというまつの意見だった。銀次はそれもそうだと納得した。その時、まつに別の思惑があることなど考えてはいなかった。

卯之助は口入れ屋に手配して丁稚を二人雇い、ついで銀次の裏店に住んでいるおもんが葬儀の時にまめに働いてくれたのを快く思って、料理茶屋を辞めて通いでいいから台所を手伝わないかと声を掛けると、おもんは喜んで承知した。お増とも気が合いそうなので、都合も良かった。

坂本屋は嫌やな事件が重なって品物の売行きが落ちることを卯之助は覚悟していた。が、世間とはおかしなもので休業の札を外した途端、客が引きも切らず押し寄せて店の者は嬉しい悲鳴を上げていた。

　銀次は跡目の披露の席で同業の小間物屋「京伝店《きょうでんだな》」の主人から江戸の学者と繋がりをつけるために、狂歌の集まりに顔が出せるよう計らって貰った。「京伝店」は戯作者山東京伝《さんとうきょうでん》が興した店で、最初は煙草入れが主な売り物であった。店が繁盛するにつれ、化粧《けわい》の品も置くようになった。白粉の「白牡丹」だの歯磨きの「水晶粉」など、他には痛み止めの薬も扱っている。京伝は戯作者というより小間物を商う同業者として仲介役を快く引き受けてくれた。

　辰吉が置いて行った青物を、お芳は台所の外にある井戸で丁寧に洗った。辰吉と顔見知りになってから、青物を届けて貰うようになっていた。いつも特別新鮮な物を置いて行くので、お増はそれまで贔屓にしていた八百屋よりもいいと気を良くしていた。

　おもんはお増と年が近いことから、何かと言うと手を休めてお喋りになる。お芳は時々仕事がはかどらないことにいらいらしたが、お増の愚痴の聞き役がおもんに代わったことで内心ほっとしてもいた。

　その日も辰吉が土間に青物を置いて行ったというのに、朝飯の片付けを済ますと、おもんとお増は茶を淹れて早くも一服している。

　お芳は笊《ざる》の青物を表に運んで、冷たい水に往生しながらも洗った。夕飯には大根の味噌汁と浸し物、煮付けの魚をと心の中で算段していた。

——そりゃ、わかるもんか！

おもんの尖った声が聞こえて、お芳は思わず戸口の所で立ち止まった。

——だって事情が変わっちまったじゃないか。女中と岡っ引きなら話はわかるさ。でもね、おもんさん、若旦那は坂本屋の主人になったんだ。あんただってお芳ちゃんと釣り合わなくなったぐらいわかるだろ？

お増の声が応えていた。お芳はその場に金縛りに掛かったように動けなかった。話の内容はすぐに見当がついた。お芳が衝撃を受けたのは、日頃親身に思ってくれていたお増から、存外に意地の悪い言葉が出ていたことだった。

——お内儀さんが祝言を延ばした訳は、いずれしかるべき所から御新造になる人を迎えるつもりがあるからさ。

——それじゃ、お芳ちゃんはどうなるのさ。

——まあ、お手付きの女中ということでお店じゃ悪いようにしないだろ。

——若旦那はそんな人じゃないよ。

——わかるもんか。若旦那だって男だもの、羽振りが良くなりゃ考えも変わるさ。みてごらん、坂本屋に戻って来た途端にいそいそと廓《くるわ》通いだ。昔は吉原の番頭新造《ばんしん》と一緒になるのならないのと大騒ぎだったんだよ。その男が今更お芳ちゃんと所帯を持つとは到底あたしゃ思えないね。

ばりりと煎餅を噛む音が耳についた。煎餅は見たくもないとお芳は思う。お解き放しになったのはお増が「お芳ちゃんは湿気ったものでも苦にしないで食べるほど煎餅が好きですよ。大福と並べられたら、迷わず煎餅に手を伸ばしますよ」と言ってくれたからだ。でも今じゃ煎餅も大福も皆々嫌いだとお芳は思っている。

自分を世間知らずだとお芳は感じた。坂本屋の主人になった銀次と自分とでは確かに釣り合わないものがある。お増の話は意地悪でも何んでもなく、世間そのものの見方だった。

お芳は深く納得した。まつの自分を見つめる眼も以前と違うものがある。銀次と一緒になることを喜んでくれたのは庄三郎がいてこその話だった。今は何も彼《か》もが違う。銀次はもう夜中に女中部屋を訪れなくなった。日中は見廻りで勘兵衛や政吉と一緒に出かけ、夕方戻ると卯之助と店の内のことを話し合い、まつと晩飯を食べると柔かい着物に着替える。そして三日と間を置かず出かけて行くのはお増の言う吉原だろうか。

きりきりとお芳の胸は痛んだ。悋気《りんき》は柄でもないと銀次は笑い飛ばすだろう。抱いて、しっかり抱いて、お芳は言えない言葉を心の中で叫んでいたのだ。おもんとお増の会話を盗み聞きしてお芳の何かがふっ切れた。お芳は唇を噛み締めて戸を開けた。ばつの悪そうな二人が眼を伏せた。

「あたしの話がそんなにおもしろいの？　朝からべちゃべちゃと。いい加減にして」

「お芳ちゃん」

おもんは素直に謝ったが、お増は開き直ったようなお芳に自分もふて腐れた表情をした。

「本当のことじゃないか……」

俯いて喋ったお増にお芳は青物を笊ごと放り投げた。

「何するんだよ！」

お増が眼を剝《む》いた。

「あたしが口を利かなかったらあんたは番屋から出られなかったんだ。あたしに剣突を喰らわせるのはお門《かど》違いじゃないのかい？」

「御親切様。ありがたくて涙が出ちまう。これからは命の恩人のお増さんを後生ありがたく奉って暮すことに致しましょう」

お芳はぽんぽんと柏手を打つ真似をして見せた。それでいて眼は濡れている。おもんはもう止《や》めて、と金きり声を上げた。

「お芳」

後ろで低い声がした。いつの間にか、まつが内所から出て来て台所の戸口の前に立っていた。

「この家は喪中なんだよ。はしたない声を上げないどくれ。どうしたんだい、この様《ざま》は？　お芳、のぼせるのもいい加減におし。お前はまだ女中なんだ。勝手は許さないよ」

お芳は「申し訳ありません」と謝った。お増は溜飲を下げて得意そうに小鼻を膨らませた。

そんなことがあったことなど銀次は知らなかった。

お芳がふらりと店を出て、そのまま帰って来ないのを銀次は二、三日知らずにいた。お増とおもんは、朝の諍《いさか》いがお芳を自棄《やけ》にしているのだと思っていた。まつに帰って来ないことを告げると、放っておき、と意に介したふうもなかった。おもんはまつの態度が冷た過ぎると感じたけれど、自分は奉公に上がって間もない身だったので強いことも言えなかった。

二日目になると、さすがのお増も「どこに行っちまったのかねェ」と心配顔になった。ろくに親戚もない娘だった。

おもんは卯之助にお芳が帰って来ないことを告げた。すぐに卯之助は他の番頭に手配してお芳が立ち寄りそうな所を捜して廻った。

しかし、入ったばかりの丁稚では用が足りなかった。お芳の姿を誰も見つけることはできなかった。

三日目に卯之助は内所にいた銀次にお芳の出奔をようやく報告したのだ。

銀次はまつと一緒に遅い朝飯を食べていた。

前日も吉原の遊女屋を訪れて、帰って来たのは四つ（午後十時）過ぎだった。お芳は当然眠っているものと思っていたのだ。

「何かあったのか？」

銀次は茶碗を置いてゆっくりと卯之助に向き直った。卯之助を咎めることよりも、気づかずに過ごしていた自分の迂闊《うかつ》さを銀次は恥じていた。恥じる気持ちの方が強かった。

「お増と喧嘩したんだよ。わたいがちょいと意見したらぷいっと店を飛び出して。銀さん、あんた、お芳を甘やかしているのじゃないのかえ。とんだあばずれになっちまって」

まつが横から口を挟んだ。

「お増と喧嘩をするなんざ、珍しい」

「初めてのことです」

卯之助は言った。その口調がお芳の肩を持つように聞こえたのだろうか、まつは不機嫌そうに煙管を手に取って一服点《つ》けていた。

「喧嘩の原因は何んだ？」

銀次は、そんなまつを、ちらりと見てから訊いた。

「それは……」と卯之助は口ごもった。

「お増はお芳に坂本屋の主人になった銀さんとじゃ釣り合いが取れないと言ったんだ。もっともな話さね。わたいもそう思うよ。誰に訊いたって……」

まつの物言いは小意地が悪かった。庄三郎と銀佐衛門が死んでから、まつは急に元気になったように見える。銀次にすべてを任せるのは心許ないのだろう。まつは坂本屋のお内儀の威厳を取り戻していた。

「おっ母さん」

銀次はまつを制した。

「今更何を言ってるんだ。お芳はおいらが女房にすると決めた女だ。あいつの死んだ父親とおいらは約束している。その約束を破ることはできねェのよ」

「それなら毎晩のように吉原《なか》に出かけるのはどういう了簡なんだえ？　お芳が不足だから銀さんは遊ぶんだろ？」

「違うよ、おっ母さん。吉原にはちょいと吟味の筋で通っているだけだ。女に入れ上げて馬鹿馬鹿しい金を遣う年でもねェよ」

カン、と灰落としの縁でまつは煙管をはたいた。

「浅草の筆屋の娘が銀さんなら嫁に来てもいいと言っているよ。うちの店にも時々買物に来て貰っている。年は二十歳だが大層な美人だよ。色が真白で、お芳のような地黒と違う
……」

「おっ母さん、いい加減にしないか」

銀次は声を荒らげた。

「女房はお芳と決めていると言ったろうが」

「お芳がこのまんま帰って来なかったら、お前はどうするおつもりだえ？」

まつのちんまりとした口許が卑屈に歪んだ。

「おいらはどうでもお芳を捜す」

「それでも見つからなかったら?」

「おいらは死ぬまで独り身でいるさ。今までもそうだったんだ。大して苦にもなりゃしねぇよ」

「………」

まつは煙管に新しいきざみを詰め、火鉢に細い首を俯けて火を点けた。銀次はまつの煙管を取り上げて自分の口許に運んだ。

「お芳が店にやって来た時、おっ母さんは何んて言った? まるでお菊のようだ、ポンポンと歯切れのいい物言いでさ、お菊だと思って大事にするよ、おっ母さんはそう言ったんだぜ。思い出してくれよ、あん時の気持ちを。お芳は器量はもう一つだが、坂本屋の嫁として不足があるとはおいらは思えねぇ。なあ、うの」

「は、はい。お芳は裏表のない娘です。旦那様のために真実の心で接しております。お芳を旦那様にすすめたのはこのわたしです。ただ……旦那様が坂本屋の跡を継ぐことは予想しておりませんでした。継ぐとわかっていればお芳のことをすすめたかどうか……多分、お内儀さんも事情が変わったために新しい縁談を進める気になったのでしょう。そのお気持ちも、わたしにはよくわかります」

「お芳は利口な娘だ。自分から身を引いたのさ」

まつは独り言のように呟いた。

「だったらなおさら、おいらはそんなお芳を袖にゃあできねェ」

銀次はきっぱりと言った。お芳についてはいつもこうだ。お芳の身に他人の思惑が入ると銀次は躍起になる。それ以外はうっちゃっておいて平気なのだ。お芳が空気のように傍にいることを当たり前に思っていた。いなくなって銀次の何かが崩れるような気がした。しかし、傍にいて貰わなければ落ち着かない。銀次は自分の気持ちがお芳がいなくなったことで、はっきりとわかった気がした。

十三

木枯らしが路上の埃を舞い上げた。銀次はその拍子に顔をしかめた。師走《しわす》・極月《ごくげつ》の江戸は雪が降る前の、身体の芯にこたえるような寒さが襲っていた。綿入れ、股引き、首巻きと防寒の身なりをしていても頬を切るような冷気はざわざわと足許から忍び寄って来る。政吉は鼻を赤くして銀次の後ろからついて来ていた。

「まさ、このあたりか？」

銀次は目の前の細い路地に視線を投げながら訊いた。へい、と心細い声が応える。

「確かなのか？」

「確かと言われたら、おいらは自信がなくなる。ちょいと通り過ぎた拍子に似たような妓《おんな》を見かけたもんですから……」

「お芳だったのか？」

「…………」

「政吉！」

吉原五町は男心をくすぐる場所である。が、その細い路地は吉原の東西の塀に沿って建てられている切見世であった。お歯黒溝《はぐろどぶ》を川に見立て、河岸《かし》と呼ぶのはいかにも粋だが、そこは名前もすさまじい羅生門《らしようもん》河岸という所であった。客と見たら腕を取って放さない女郎達を羅生門の鬼にたとえているのだろうか。いや、そういう女を相手にして欲望を満たす男が鬼なのか、銀次にはわからなかった。かつて遊び人を気取っていた銀次でさえ、そこに足を踏み入れたことはなかった。三日月長屋、新長屋と呼ばれる長屋の路地は人が擦れ違うこともできない狭さである。そこに間口一間、奥行き三間の局《つぼね》が並び、客の相手をする。路地の突き当たりには妓夫《ぎゆう》が焚火《たきび》に当たっていた。小便臭い匂いがあたりに漂っている。盛りのついた猫の鳴き声が耳についた。「猫がうるせェや」と銀次は政吉を振り返ると、政吉は唇の端をわずかに歪めた。

つまらない冗談だった。そいつは猫ではなく盛りのついた人間様の発する声だ。それも妓が客を素早く昇天させるための造り声。妓達は誰も銀次と政吉には声を掛けなかった。それどころか露骨に嫌やな表情を浮かべ、ぺっと唾を吐く者もいる。岡っ引きには用はないよ、という顔だ。

お芳が出奔してひと月が経《た》っていた。

お芳は誰にも行き場所を告げずに坂本屋を出た。ほとんど着のみ着のままの状態であった。そんな女がひと月もどこでどう過ごせるものか。銀次は悪い予感に脅えていた。せめて店を出る時に自分に何らかの言づけがあれば、と銀次は悔やんだ。お芳は自分に見切りをつけたのじゃなかろうか。吉原に通う理由を話しておくべきだった。

京伝の肝煎《きもい》りで銀次は扇屋に上がり、そこで何人かの学者に会った。狂歌の集まりは以前ほど盛んではなかった。それよりも学者達が書物から離れて自由に意見交換する集まりである観が強かった。その方が銀次には都合が良かった。銀次は座敷の末席にいて黙って学者達の話を聞いていればいいのだ。

しかし、鉄斎に関する情報は思うようには得られなかった。ただひとつ、銀次の気を引いたのは、学者の一人が鉄斎の家に年始の挨拶に行った時、胡桃《くるみ》の入った雑煮《ぞうに》を馳走になったということだった。江戸では雑煮に胡桃を入れる習慣はない。恐らくそれが鉄斎の故郷で食べていた雑煮であるのだろう。江戸の近郊、甲斐《かい》の国、信濃《しなの》、会津《あいづ》あたりを銀次は考えていた。しかし、それ以外は何もない。

そろそろ出費の割に見返りのない吉原からは手を引こうと考えてもいた。

政吉がこの切見世のあたりでお芳に似た女を見かけたと銀次に言った。銀次はすぐに腰を上げた。着のみ着のままの女が落ち着く先を世の中の掃き溜めみたいな場所に求めたとしても何の不思議もない。たとえ、ここでお芳を見つけても、銀次は仔細を問わず、坂本屋に連れ戻す覚悟はあった。そこまで追い詰めたのはこの自分である。

切見世をひと渡り廻ったが、お芳を見つけることはできなかった。覚悟はしていたが、そのことで銀次は内心ほっとしてもいた。やはり、ここでお芳に再会するのは何んだか切ない気がする。政吉に手前ェの眼は節穴か、と毒づいてはいたが。

白いものが本当に落ちて来そうだった。銀次は政吉と一緒に大門を抜けて、早いところ、「みさご」で一杯やりたくなっていた。政吉は自分の店でなくどこか他に寄りたいような顔をしていたが、銀次は知らぬ顔で道を急いだ。

途中、鉄斎の屋敷の前を通った時、屋敷から男が一人出て来るのを見た。扇屋の座敷で学者の中にいた岩窪初五郎という絵師であった。やり過ごそうと思ったが初五郎の方で銀次に気がつき、頭を下げていた。

「あなたは確か、小伝馬町の小間物問屋の御主人でしたね？」

「へい、坂本屋銀佐衛門です」

銀次は銀佐衛門の名を襲名していた。岡っ引きの銀佐衛門では間が抜けるので、通り名は今までと同じ、銀次であった。

「珍しい所でお会いした。叶さんに御用ですか？」

初五郎は柔和な微笑を浮かべて訊いた。鉄紺色の着物に対の袷羽織《あわせばおり》、頭巾《ずきん》を襟巻にして、八幡黒《やわたぐろ》の足袋に仲ノ町草履《ぞうり》と隙のない着こなしはさすが絵師という感じがした。しかし、初五郎の本業は魚屋であるという。

「いえ、わたしは別の用事を済まして通りかかっただけです」

「お見廻りですか？」

「やあ、すっかり素性を知られているようですね」

「おもしろい男がいると私の仲間内では評判ですよ。泣きの銀次、あなたの渾名《あだな》は洒落ている」

「こいつァ……」

いつもの蓮っ葉な口調に戻って銀次は頭を掻いた。銀次の仕種が可笑しかったのか、初五郎は朗らかな笑い声を立てた。感じのいい人だと銀次は思った。断られるのを覚悟でみさごに誘うと、一瞬、躊躇した表情は見せたが、そうですね、お伴致しますか、と笑顔で応えてくれた。

岩窪初五郎、画号・魚屋《ととや》北渓《ほっけい》。画狂人葛飾北斎の一番弟子と言われる男である。四谷、鮫《さめ》ヶ橋《はし》に居を構える。旗本御用達の魚屋を営む。

そんな話を銀次はちろりを差しつ差されつの内に聞いていた。

「みさご」では熱々のかぶら蒸しが初五郎を喜ばせた。銀次は得意そうに政吉の元の素性を話し、「どうりで」と合点が行ったような初五郎に気分をよくしていた。

「ところで叶さんの屋敷には御商売で行かれたんですかい？」

ほろりと酔いが回った頃、銀次はさり気なく訊いた。

「さっそく吟味ですか？」

初五郎は皮肉を言ったが眼は笑っていた。

「そういうつもりはないですよ。鉄斎のことなら何んでも知りてェというのはありますがね」

「銀次さんはあの男の何を知りたいんです？」

「生まれ育ち、性格、昌平黌にいかにして入り、どのような経緯で辞めたのか、妻が自害した理由、もう一人が行方知れずになっている理由、人が殺された理由、死体の一部が欠損している理由、満月に殺しをしたくなる理由、そして、お偉い学者様が鉄斎の曰《いわ》くを意に介したふうもなくいられることですよ。おっと、蔭間と遊ぶ理由というのもあったが、そいつは当の鉄斎でもわかりはしめェ……」

銀次は澱みなく応えた。初五郎は盃の酒をゆっくりと口に運ぶと、しばし黙り込んだ。

銀次はその横顔をじっと眺めていた。勘兵衛とも鉄斎とも違う不思議な魅力を感じた。

それは銀次のわかり得ない、絵という芸から生まれるものだろうか。初五郎の手はさして繊細なものを感じさせない。骨太で、むしろ魚屋の手である。しかし、その手が、指が絵筆を握ったら魔法のようにこの世の森羅万象を画仙紙に描いて見せるのだろう。銀次は絵には興味はないのだが、初五郎の絵は見てみたいと思った。

「率直な意見を述べさせて貰えば、私は叶さんは人を殺すような人間とは思えないのです」

「…………」

初五郎の言葉に今度は銀次が黙った。「みさご」は寒さに誘われて一杯やろうと思う客で結構な混雑だった。小上がりまで人が埋まって狭い店は喧騒の中にあった。政吉は伊平と一緒にさっそく板場で働き始めた。飯台の前に初五郎と並んで腰を掛け、銀次は彼の話を聞いていた。が、いつもより銀次の声は高くなり、初五郎も時々銀次の耳許で声を張り上げる場面が多かった。

「そりゃあ、あの人にまつわる話は私も多く聞いています。あなたが不審を覚えるのはもっともだと思います。しかし、実際にあの人と付き合ってみると、とてもそんな気持ちにはなれない。あの人の徳のようなものが私にそういう気を起こさせない……」

初五郎は素直な感想を言った。

「鉄斎はいい人と先生は思っているわけで？」

「ええ」

「…………」

「こんな応え方はあなたには気に入らないだろうが」

「とんでもねェ、おいらは真実が知りてェだけです。今までお蔵入りになっちまった事件を解決したいんです。鉄斎を下手人と決めつけているおいらの眼は、どこか曇りがあるんでしょう」

「曇り……か……」

初五郎は低く唸った。

「それは私にもあるのかも知れませんよ。何が真実か、今の所は誰にもわからないのですから。あの人は信濃者《おしな》だそうです。姨捨山《うばすてやま》という伝説のある村の出です」

「姨捨？」

「そう、その名の通り、働けなくなって用なしの親を捨てるという意味です」

「ひでェ……」

銀次の声に吐息が混じった。

「それだけ貧しいということです。『耕《たがや》して天に至る』とそこでは言うそうです」

「鉄斎も親を捨てたんですかい？」

「まさか。あの人は別のことで親兄弟を亡くしたと言っていました」

「それは？」

「さあ、そこまでは私も聞いていませんが」

「江戸へ出て来たのはいつ頃でしょう？」

「親兄弟を亡くした後のことでしょう。しかし、あの人はいずれ江戸へ出る気持ちはあったようです。信濃は学芸の普及のめざましい土地柄です。土地が貧しいので文化で対抗しようとする気概が強いのです。叶さんはその中でも数段優れた人でした。あの人が台頭して来たのは至極当然なことと私は思っていますよ」

「先生はおいらが躍起になって鉄斎を追うのは無駄なことと思うわけで？」

「無駄かどうかは私にはわかりませんよ。さっきも言ったように真実なんて誰にもわからないものだ。ああ、そうだ。そう言や、今年の月見の宴であの人は珍しく酔っていた」

「小山田何んとかという学者さんの屋敷で開かれた宴会ですね？」

「そうです。あの人ァ、本当は月見なんざ嫌いだと洩らしていた」

つんと銀次の胸が疼《うず》いた。初めて鉄斎と月の因果関係に触れる話だった。

「それはまた、どういうわけで？」

「姨捨山は月の名所としても知られているそうです。仲秋の名月には文人、墨客が集まって句会など開いて月を観賞します。土地が狭く、働き者の百姓達は山の斜面にまで畑をこしらえて水や肥やしを運ぶんだそうです。その段々畑に映る月が風流などと、百姓には考えられない。叶さんもそれを見て苦々しく思っていたのでしょう。だから月見が嫌いだと酔った勢いで思わず洩らしてしまったのですよ。後で小山田さんには大層詫びていましたが」

「鉄斎の家は百姓だったんですかい？」

「あの口ぶりではそのようです。しかし、家屋敷はかなり広いようで、手伝いの人間も相当の数がいたと聞きました」

「そうですかい」

銀次の頭の中で鉄斎と月との明確な接点は見つからなかった。もっと、月にまつわる強烈な曰くを期待していたのだ。

「どうですか、銀次さん。私の話が参考になりましたか？」

初五郎は放心したような銀次に訊いた。

「へ、へい、参考になりやした」

「私がこうしてあの人のことを話すのは、私が何一つ、あの人に不審の気持ちを抱いていないからですよ」

「それはわかります」

「何一つ……」

初五郎はもう一度呟いて、ふっと表情を留めた。銀次はその変化を逃さなかった。

「先生、思い出されたことがあるんでしたらおっしゃって下さい」

「私は松平様から魚の御用を承って正月には鯛をお届けします。叶さんからこの度、自分の屋敷にも、いい鯛があったら持って来てほしいと注文を受けたのです」

「それで今日、持って参じたんですかい？」

「いや、品物は二、三日したら船で届きます。それはいいのですが……」

「何か？」

「尾頭付きを三匹です」

「鉄斎の屋敷は手伝いの婆さんが一人だけ」

「都合二匹で間に合う……」

「客の分としては少ない」

俄かに銀次は色めき立った。

「そうですね」

気のせいか初五郎の顔が蒼ざめて見えた。

「先生、鉄斎の兄弟の話は聞いていていませんか？」

「いいえ、何も」

「先生、もう鉄斎の話はこれくらいにしましょう。飲んで下さい」

銀次は急に元気をなくしたような初五郎にちろりの酒を注いだ。初五郎はそれを苦い表情で飲み下していた。

十四

正月の坂本屋は門松もしめ飾りもなかった。

それでも料理だけはいつものように大鍋でお増が煮しめをこしらえたり、おもんのいつもと味付けの違うなますなどが膳に並んだ。

銀次はお芳の作る卵焼きが食べたかった。白身の魚を擂り潰して卵とだし汁を入れ、ふっくらと仕上げる卵焼きで、お芳でなければ上手に作れなかった。お芳はいつも銀次の分を忘れずに取っておき、戸棚の中から出してくれた。冷めても滅法うまく感じられた。それがこの正月にはなかった。

寂しさがそんな形で銀次を襲う。なにげなく、けれど心にその欠落が響く。

お芳の行方は依然として知れない。鉄斎の身辺も新しい展開はない。お芳、鉄斎、お芳、鉄斎……銀次の頭の中を二人が交互に現れては消えた。

路地の向こうから弥助が歩いて来る。「父っつぁん」と声を掛けた。弥助は難しい顔をしている。銀次はお芳のことをどう話そうかと冷や汗が出た。うまい言い訳ができない。

弥助はくるりと銀次に背中を向けた。

「待っつくれ、お芳のことはおいらがきっと捜して……」

銀次の声がまるで聞こえていないように弥助は急ぎ足になる。待っつくれ、父っつぁん、
路地の向こうからぐんぐんと月が昇る。

げ、満月だ！　呟いた拍子に弥助の顔は叶鉄斎の顔に取って替わった。

鉄斎は夜叉《やしゃ》のような不敵な笑いを浮かべていた。よく見ると、腋《わき》の下にお芳の首を挟んでいる。放せ！　お芳を放せ、そいつはおいらの女房だ。鉄斎の手がお芳の首をひと回り捩《ねじ》った。首が、死んじまう……お芳……

「銀さん、銀さん」

まつがうなされていた銀次を揺り起こした。

銀次は火燵《こたつ》に入って蝦《えび》のように身体を曲げて寝込んでいた。窮屈な姿勢が悪い夢を見せたのだろう。起き上がった銀次は額に汗を浮かべていた。

「どうしたんだい？　顔色が悪いよ」

まつの顔を見て銀次は芯からほっとしていた。恐ろしい夢を見ちまった、呟いた銀次に
「夢はさかさまだよ」と、まつは埒もないという表情で煙管を遣った。薄青い煙がもわりと流れて来た。

「おっ母さん、けむいぜ」

「おや、悪かったね、暇なものだから煙草にばかり手がいくよ」

「ああ、寝て疲れるってェのも困るな」

銀次は凝りをほぐすように肩を上下させながら言った。

「太平楽なもんだ」

まつは苦笑している。亭主と息子夫婦を亡くしたばかりなのに、その顔には悲しみの痕《あと》は感じられない。涙もろいが、いつまでもめそめそする性分でもない。そんな母親が銀次は頼もしく、けれど少し物足りなかった。

「湯でも行ってっくらァ」

銀次はぬくい火燵から思い切って立ち上がって言った。

「行っといで」

まつは煙管の煙を吐き出しながら機嫌のよい声で応えた。

「人裸なれば、貴賤上下をわけがたし。しかれども、土佐裃《とさかみしも》に外記袴《げきばかま》、半太羽織に義太股引と、一ト口ずつの湯屋浄瑠璃、豊後正伝歌祭文《ぶんごしょうでんうたざいもん》、潮来《いたこ》四つ竹新内節、猫じゃ猫じゃに到るまで、ただその好む所によりて、人がらの上下が知れるなり」

かの山東京伝が『賢愚湊銭湯新話《けんぐいりごみせんとうしんわ》』に語っていた文句は至極ごもっともで、筆の立つ人はうまいことを並べるものだと、銀次は梅の湯の湯槽に浸かりながら思っていた。

　正月は番台の三方におひねりが山と積まれる。正月ばかりでなく、節句や紋日には湯銭の他に祝儀を出すのが客のしきたりだった。

というのも、湯銭はお上が決めることなので、なかなか値上げが許されない。大人十文が相場では焚き物の下敷きになってしまう。

　客の祝儀で何んとか経営をまかなっていられるのだ。

「お、銀ちゃん、おめでとさん、と言いたい所だが、お前ェの所はそうは行かねェんだよな」

　音松が褌ひとつの三助の恰好で銀次に声を掛けた。

「めでたくもあり、めでたくもなしよ。年始の挨拶がねェんで、おいらは気楽なもんだ」

「お芳はまだ見つからねェのか？」

「ああ」

「銀ちゃんに愛想尽かしするなんざ、お芳も豪気な女だ」

「坂本屋の嫁になるのが鬱陶しくなったんだろう。おっ母さんはあの通りだから」

「銀ちゃんのお袋さん、皆んなが死んでから人が変わったようだぜ。銀ちゃんがしっかりしてねェんで、隠居返上のつもりなのかな」

「音、うまいこと言うじゃねェか」

　ざぶっと威勢よく湯から上がると、銀次は洗い場に腰を下ろした。音松は銀次の背中を流し始めた。年が明けた梅の湯は混雑も一段落して、いつもののんびりした湯屋の雰囲気を取り戻している。若い者が少なく、顔見知りの老人が何人かいるだけだった。女湯の方が混んでいるようだ。年増女の色気のない笑い声が響いていた。

「二足の草鞋は身体にこたえるだろ？」

音松は銀次の身辺の変化をそれとなくねぎらっている。

「同《おんな》しよ。おいらは商売の方は卯之助に任せっ切りだ」

「いいな、気楽で。おれなんざ、湯屋の主人なんだか、下働きなんだかわかりゃしねェ」

「お前ェが頭になって働くのはいいこった。奉公人も負けずに働くからな」

「お蔭さんで、うちの者は皆、働き者だよ。江戸者と違って余計なことは喋らずに辛抱してくれるよ。江戸者は湯屋じゃ使いものにならねェ。やれ、給金が安いの、身体が辛いのとごたく並べやがる」

「そう言や、お前ェのとこは爺ィさんの代から三助は椋鳥《むくどり》だったな」

「うん、越後、越中、越前の雪の多い所から出て来てる。あっちの人ァ、辛抱強いし、身持ちが固ェからな」

地方の農民が江戸へ稼ぎに来ることを、群れをなす椋鳥にたとえ、江戸っ子は嘲笑していた。

「それでも卯之助さんは江戸者でもよく働く人だ」

音松は卯之助を持ちあげた。

「性分だろ?」

「銀ちゃんは倖せだよ。あんないい人が番頭に収まっているから」

「ああ」

「心置きなく岡っ引きの仕事ができるというもんだ……御徒町のお偉い先生のことはその後どうなった?」

叶鉄斎のことは音松も言っていた。聞きたくない名を聞かされて銀次は思わず顔をしかめた。

「相変わらずよ。何んにもわかりゃしねェ」

「何も? 追いかけてから、そろそろ半年も経つぜ」

「耳が痛ェ」

音松は背中を流し終わり、湯を掛けると銀次の肩やら首やらをゆっくりと揉み始めた。

銀次は気持ち良さそうに眼をつぶった。

「何んにもわからねェというのは解せねェ話だ。素性くらい調べりゃわかりそうなものだ」

音松は岡っ引きの友人らしく突っ込んだことを言った。

「出生《でしよう》はわかったよ。あいつァ信濃《おしな》者だ。姨捨山という所で生まれたらしい。姨捨てだとよ、恐ろしい名前ェの村だ。鳥肌が立つぜ」

銀次がそう言うと音松の手が止まった。

「うちのかま焚きの爺ィさんも、姨捨山の出と言ってたな、確か……」

「本当か？」

銀次は音松を振り返り、まじまじとその顔を見つめた。

「もう何十年も帰っちゃいないが」

銀次は木屑《きくず》を拾い集めているすが目の老人を思い出していた。ろくに名前も知らなかった。

「話、聞けるかい？」

「ああ、少し耄碌《もうろく》しているが、昔のことは覚えているだろう。年寄りなんてそんなものだ。昨日のことはきれいさっぱり忘れている癖に、子供の頃はどうしたの、初めて女と何した時はどうしたのと、うるせェくらいに喋りやがる」

「上がるぜ」

銀次はもう一度湯にも入らず、陸湯《おかゆ》も浴びずに、そそくさと脱衣場に踵を返した。音松は銀次の背中を眺めて溜め息をついていた。せっかちな男だと思ったのだろう。カンと拍子木が鳴って女湯から流しの催促である。「へーい」と間延びした返事をすると音松は銀次の使った桶《おけ》を片付け、女湯へすぐに向かった。

綿入れの上にさらに袖無しの半纏を羽織り、着膨れた老人がかま場の前で背中を丸くして座っていた。くちゃくちゃとするめでもねぶっているような音がした。時々、思い出したように薪を放り込んでいる。彼はそうして日暮れ過ぎまで同じ動作を繰り返す。飯刻に小半刻ほど誰かと交代する他は、がんとしてそこを動かない。そそけた髪はいぶった匂いがした。

「父っつぁん……」

銀次は老人に声を掛け、唇の端を少し弛めて、すばやく老人の手に小銭を握らせた。老人は顎をしゃくったが、怪訝な表情は変わらなかった。そこらは焚物の木屑や薪を割る鉞《まさかり》が無造作に散らかっていた。老人は薪の太いのを椅子にしていた。

「おいらを知っているかい？」

「さあて、見たような顔だが、どなたさんで？」

嗄《かす》れた声が存外にしっかりと応えた。

「音松のダチよ。小間物屋の銀次だ」

「ほうほう、小伝馬町の」

「おう、そうだ。ちょいと父っつぁんに聞きてェことがあって」

「わしに？」

すが目の方の黒目が白濁している。視力はかなり衰えているだろうと銀次は思った。いや、ほとんど片方は見えないのかも知れない。

「父っつぁんは信濃の姨捨山の出と訊いたが……」

「へえ、さようで。江戸へ出て来て、かれこれ二十年になります」

「国じゃ、百姓をしていたのかい？」

「へえ、水のみ百姓ですだ。もうもう喰えなくて田ァ、放っぽり出して逃げるように江戸へ来やした。嬶《かか》ァと娘が死んだせいもあったが……」

老人は皺深い顔に苦渋の色を滲ませた。骨と皮ばかりのような小さい顔だった。国にいた時はろくに食べ物を摂《と》っていなかったのだろう。肉が身体に回る前に固まってしまったような貧弱な体軀だった。

「飢饉で？」と銀次が訊くと老人は肯いた。

「気の毒にな」

「まあそれでも、今はこうして三度の飯にありつけるので極楽だ」

「極楽か……」

銀次は自分も手頃な薪を見つけて腰を下ろした。何んというささやかな充足だろう。この世には、もっともっと極楽の思いをするものがあるのに、と銀次は思った。

「姨捨山にいた頃、叶鉄斎という男がいたのを覚えちゃいねェか？」

「叶鉄斎？　はて、わし等百姓は名字を持たねェので、叶と言われてもとんと……」

「結構大きな百姓家の息子で頭のいい男だ。男振りもなかなかだ」

「庄屋の分家のことだかな？　二十歳くらいの長男と次男がいましただ。ガキの頃から堅い文字を読むと噂は聞いてました。わしは二、三度、田圃の畦道《あぜみち》で擦れ違っただけだが、いつも書物を読んでおりました。末は偉い人になりなさるんだろうとわしは思っておりましたが……」

「ふん、確かに偉い学者にはなった」

「さようで。それはそれは」

老人はそう言ったが大して興味はなさそうだった。しかし、話を聞いてくれる銀次が嬉しい様子で話を続けた。

「家が潰されたのにあの息子達は偉いもんだ」

「下の息子は死んだのだろう？」

「はて、そうだったかな。下の息子と言っても、あすこは年子の兄弟でいつも二人は仲が良く、一緒にいましただ。死んだのは姉と妹だと思いやしたがね」

「何ッ！」

銀次は眼を剝いた。背中がざわざわと粟立った。初五郎が注文を受けた鯛の一匹分の謎も辰吉が届ける青物の量の多さも、そうなれば合点がいく。鉄斎に弟がいたのだ。そして、今もあの屋敷の中にいるのだ。その確信に迷いはなかった。

「家が潰された理由は何か、父っつぁんは知っているんだな」

「へえ。皆んな飢饉のせいだ。誰が悪いわけでもねェ。喰い物がなくなって囲炉裏《いろり》の前に敷いてある藁《わら》まで齧っておりましただ。嘘じゃねェ、それほどひどいもんでした。誰かが庄屋の所に米があると叫んだんです。わしは信じなかったが、頭に血を昇らせた連中は押し掛けたんです。庄屋の所だって腐れ豆や腐れ芋を喰って凌《しの》いでいたんですがね、連中は承知しなかった。押し問答の末、庄屋さまをあやめてしまったんです。庄屋が駄目なら分家にあると、連中はまた、そっちへ向かったんです。分家も同じですよ。何んにもありゃしねェ。その時、連中は分家の嬶《かか》さまと父っつぁまを殺して、その肉を喰ったと聞きやした。長男は外に出ていて難を逃れましたが次男が家の中にいたはずです。その後、次男がどうなったかは、わしも知らねェが……」

銀次はごくりと唾を飲み込んでいた。すさまじい話だった。三度の飯が極楽ならば、それはまさしく地獄に外ならない。

「父っつぁん、ありがとよ、恩に着るぜ」

銀次は立ち上がり、老人の肩を叩いた。綿入れを通して、脆い骨の感触があった。銀次はふと思い出して老人の顔を覗き込んだ。

「父っつぁん、その恐ろしい事件のあった夜ァ、ひょっとして満月じゃなかったかい？」

老人は驚いた表情になり、「よく御存知で」と言った。

「提灯もいらねェほどの見事な満月でしただ。まるで生き物みてェにぐんぐん空に昇って、かっと村を照らしてやした……わしは今でも満月になるとあの時のことをふっと思い出しやす。嫌やなもんです」

老人の声に吐息が混じった。銀次は肯いて手間ァ掛けたな、と言って踵を返した。

老人はゴホッと湿った咳をひとつすると薪をかまに放り込んだ。パチパチと薪がはぜる音が、つかの間、銀次の耳についた。


銀次は家に戻るとじょろじょろとした綿入れを脱ぎ捨て、唐桟縞の羽織と着物に着替え、神棚の十手を帯に挟んだ。

「おや、岡っ引きかい？」

まつは相変わらず煙管を遣いながら、のったりとした口調で訊いた。

「お菊を殺った下手人がわかった」

「あれは銀さん、無宿者の仕業でお裁きは済んでいるはずじゃないか」

「ところが下手人は別にいたのよ。なあに、おいらは、はなっからそれはわかっていたが証拠を掴むことができなかったんだ」

「掴んだのかい、証拠を？」

「ああ、逃れようのない証拠だ。おいらはこれから表の旦那の所へ行っつくらァ」

「行っといで」

まつは立ち上がると火打ち石を手に取った。

裏口から銀次が出る時、手際のいい切り火が銀次の背中で打たれた。

首のあたりにざわざわと寒気が走る。銀次はそれを武者震いのように思っていたが、ろくに湯に浸からずに表に出て、小半刻もかま番の話を聞いていたので風邪を引き込んでいた。

八丁堀に向かう道々、銀次はくさめを何度もしていた。

勘兵衛は気負った様子で話す銀次に対して、さして驚いた表情も見せなかった。慎之介は外出していて、屋敷には勘兵衛が正月の酒にほろりと酔っていた。銀次の顔を見ると相手が出来たことを嬉しがって鉄斎のことはそっちのけで盃を突きつけて来た。

「ですが旦那、おいらはこれからすぐにでも鉄斎の弟をしょっ引いて……」

「うるさい、わかっている。叶陽明《ようめい》、鉄斎の弟の名前だ」

「旦那……」

勘兵衛はいつの間にか調べを進めていた。

銀次は気を殺がれていた。うねめが「ささ、おひとつ」と銚子を持って銀次に笑顔を向けた。

「お急ぎにならなくともよろしいのですよ。慎之介の帰りを待ちましょう」

「と言うと？」

銀次は勘兵衛の顔を窺った。普段着の勘兵衛はくつろいだ表情で、銀次が取りあえず盃に口をつけると安心したように笑顔になった。

寂しがり屋の男だった。勘兵衛の所で酒になると、帰る時刻になっても、まだまだと引き留められるのが常である。しかし、この日はゆっくりと腰を落ち着ける気にはなれなかった。一刻も早く鉄斎の屋敷を張り込んで、鉄斎の弟の所在を確かめたかった。

勘兵衛の膝の前にはうねめの手造りの料理が並んでいた。銀次が座敷に座ると、うねめは用意していた膳を運んで来て銀次の前にうやうやしく置いた。銀次はうねめに恐縮して頭を下げた。煮しめだの、たたき牛蒡《ごぼう》だの、鴨肉の煮付けだの、武家の正月が偲ばれる心尽くしだった。

「慎之介は暦所の天文方に会いに行っている」

そう言って勘兵衛は盃をくっと呷った。滅法酒が強い男である。

「この酒、気がつかぬか？　雛鶴の所の酒だ」

「…………」

「正月のために丸屋に注文したのだ。『寒月《かんげつ》』という名だそうだ。何んと皮肉な。鉄斎を追う我等に誂えたような名だ」

「旦那はどうして鉄斎に弟がいるとわかったんです？」

銀次は雛鶴の店の酒など頓着した様子もなく勘兵衛に訊いた。本当に今の雛鶴には何んの興味も湧かなかった。鉄斎の問題を解決してお芳を捜すことだけが銀次の頭にあるすべてだった。

「ふむ。不忍池に清水堂があるのを知っているな。清水堂から不忍池を望む景色は江戸では指折りだ。その清水堂の下の通りの崖下に『月の松』と呼ばれる松の樹《き》がある。枝がくるりと輪になっている……」

「そいつァ……」

鉄斎の屋敷の庭に植わっていた松と同じものではないか。

「鉄斎はやはり満月を気に掛けて、あのような奇形の松を庭に植えさせていたのだ。恐らく、鉄斎は枝の輪の中に月がはまることで満月を予測していたのだ。その日は土蔵に隠れている弟が、どうでも殺人鬼と化す。鉄斎は自分の手口と見せ掛ける一方、巧妙に自分の存在を明らかにすることも忘れなかった。自分も弟も生き延びるためにな。弟の陽明は普段は人見知りが激しく土蔵の地下に隠れている。鉄斎はこの弟を不憫《ふびん》に思う気持ちが強い。あの兄弟の仔細は知っているか?」

「へい、梅の湯のかま番の爺ィさんが鉄斎と同じ姨捨山の出でした。ついさっき聞いたばかりです」

「そうか。弟は両親が殺されるのを隠れて見ていたらしい。江戸に出て来た時は弟には異常は認められなかったが、日が経つにつれ徐々におかしくなったそうだ。かなり昔の話を関八州廻《しゅうまわ》りの役人からおれは聞いた。両親を殺された衝撃が陽明の精神を蝕《むしば》んだのだ。役人は姿が見えないので弟の方は死んだと思っていたそうだ」

「その関八州廻りの役人というのは？」

「ふむ、幕臣ながら風流を解し、学問にも通じてる人だ。名前は伏せるようにと釘を刺された。鉄斎との交遊関係もあるから、その人の名が出ては憚る事情も生まれる。弟は鉄斎の話をよく聞いていた。鉄斎に悪影響を及ぼす人間に対して強い憎しみを持っていた。

鉄斎が愚痴めいたことを少しでも洩らすと、陽明はすなわち憎しみに転化させる男だ。うぶと言えばうぶ、世間を知らない人間と言えばそれもしかり。鉄斎は弟の所業を初めは悩んでいたが、時が経つにつれ、それを利用するようにもなったのだ。邪魔な人間は口に出すだけで弟は始末してくれるからな」

「お菊は鉄斎に付け文なんぞしていたから、鉄斎は煩わしかったんですね？」

銀次の問い掛けに勘兵衛はぐっと詰まった。

そうだと簡単に応えることはできない。鉄斎にとっては殺して埒もない人間だが、銀次にとってはかけがえのない妹だった。

「夜鷹に舟饅頭、蔭間に生意気な弟子、亭主の情を求める鉄斎の女房達、小うるさくつきまとう年寄りの岡っ引き、皆々、殺したところで何ほどのこともない……鉄斎はそう考えて弟のやることに目を瞑《つぶ》っていたんですね？」

「銀次……」

「鉄斎の周りのお偉いさんは知っていたんですね？　旗本の殿さんを筆頭に……許せねェ」

銀次の声は怒りのために低く嗄れて勘兵衛には聞こえた。

「おいらは鉄斎と陽明を殺る！」

立ち上がった拍子に銀次の膝が膳にぶつかり、皿、小鉢の痼に障る音が響いた。銚子が倒れ、酒がこぼれた。うねめは布巾を取り上げて、素早く拭きに掛かった。

「ならぬ。岡っ引きは下手人を召し捕ることだけを考えろ。殺すことはならぬ！」

「旦那の言葉でも、今度だけは聞けねェな。十年も野放しにしていたお上のやり方が気に入らねェ。旦那、御免なすって」

銀次は後も見ずに玄関に向かった。うねめの声と勘兵衛の声が同時に銀次を呼んでいた。

二人は玄関まで銀次を追い掛けたが、銀次の姿はすでに黄昏の迫った通りの向こうに消えていた。

「銀次さんは死ぬ覚悟です。私にはわかります」

うねめは開けっ放しになったままの玄関の戸を見つめて言った。勘兵衛は、うねめの言葉にはっとした表情になった。

「うねめ、出入りの仕度を」

勘兵衛は低い声で妻に命じた。

十五

八丁堀から茅場町へ走り、銀次は政吉の店に寄った。店はまだ正月のこともあり、ぴったりと戸を閉めている。それを力まかせに叩くと、伊平が半ば迷惑そうな表情で戸を開けた。

「銀次さん……」

「政吉は？」

「あいすみません。ちょいと表に出ております」

「どけェ、行った？」

「さてわたしはとんと……」

「親父さん、まさはおいらの下っ引きだ。行き先がわからねェんじゃ御用に差し支える」

銀次はいらだたしさに声を荒らげて言った。

伊平は銀次の剣幕に恐れをなして、ただ頭を下げるばかりだった。

「もういい、行くぜ」

た。

「銀次さん、どちらへ？」

「まさが帰って来たら伝えてくれ。おいらは江戸の殺し屋の所へ行くってな」

銀次はそう言うと何か言いたそうな伊平には目もくれず、海賊橋の方向に走り出してい

た。

海賊橋を渡り、すぐに江戸橋も渡って、まっすぐに御徒町をめざすつもりであったが、途中、通り道となる小伝馬町の坂本屋に立ち寄り、店で帳簿つけをしていた卯之助に仔細を話し、事後を託した。卯之助は自分も伴をすると言ったが銀次は断った。もしものことがあれば、せめて卯之助には生きていて貰わなければ困る。卯之助は政吉を捜して、すぐに追い掛けると言った。それで少しは安心できたが、店を出る時、「旦那様、お気をつけて」と言った卯之助の顔が妙に切羽詰まっていた。

あ、と銀次は思った。卯之助は胸騒ぎを覚えているのだろう。そう思ったら、銀次の足も震えた。今の今まで死の不安に脅えたことはなかった。それが今度だけは自分も死ぬかも知れないという思いがひしひしと迫って来る。なぜだろう、叶陽明という男をこの眼で見ていないせいだろうか。見えない敵は恐ろしい。お芳、と銀次は心の中で呟いた。

お芳、おいらはもしかしてお前ェを捜し当てる前にお陀仏になってるかも知れねェぜ。

こんな時、お前ェが「岡っ引きじゃないの、下手人が怖くてどうするのよ」と言ってくれたら、おいらはどんなに励まされるか……

お前ェを捜して、この胸に縋りつかせて、そのまんま出合茶屋にでも連れ込んでよ、二人とも泣きながら抱き合うって趣向は悪くねェ。そう思うだけで気が悪くならァ。

お芳、お前ェは寂しくねェかい？　おいらは心底寂しいぜ。ひとりでこのまんま死んで行くのかと思や、なおさら寂しい。

お芳、おいらはお前ェに惚れているんだ。嘘じゃねェ。おいらは金輪際《こんりんざい》、他の女にゃ目もくれねェよ。本当だ、本当だって……だからお芳、助けてくれ、おいらを守ってくれ、弥助の父っつぁん、庄三郎、お菊、お父っつぁん……

御徒町までいっきに走り通した銀次は、叶鉄斎の屋敷の前で荒い息をして立ち止まった。もはや陽射しは屋敷の輪郭を忍ばせるほどにしか残っていない。この先は漆黒の闇がいよいよ濃さを増して、眼を開いても瞑ってもどちらも同じ、真の闇になる。

屋敷はしんと静まり返り、ぴたりと閉ざした門は人の気配さえ拒むかのようだった。

銀次は塀に沿って足音を忍ばせて歩いた。

通り過ぎる人もない。左右を窺ってから銀次は弾みをつけて塀を乗り越えた。

前日にぱらりと降った雪のせいで地面は湿っていた。銀次の微かな足音さえ易々と吸い込んでしまった。腰を屈め、にじり足で銀次は土蔵に近づいた。土蔵は窓が閉め切ってあった。冬場のことでそれも仕方がないと思ったが、銀次はどこか中の様子を窺う隙間がないものかと土蔵に沿って歩いた。

低い話し声が聞こえた。それは耳を澄まさなければ、聞き取れないほど低い。二重、三重の扉で覆われている土蔵では無理もなかったが。

正面の扉の鍵は外されていた。わずかな隙間に銀次は耳を傾けた。

――辛抱しないか、今、お前が動くのはまずいのだ。山田がお前がここに隠れていることを北町の同心に喋ったらしい。事が起きては面倒なことになる。

――…………

――駄目だ、存外に腕が立つ。そう簡単には行かぬ。

――…………

――ならぬと言うに。私の言葉が聞けぬのか。お前は魂を病んでいるのだ。この兄が良い医者を捜してやる。小伝馬町に大層優れた医者がおるそうだ。待つのだ。今度だけは……。

低い獣のような呻き声がした。間違いなく叶陽明はここにいる。小伝馬町の医者とは玄庵のことではあるまいか。ふっと頭を巡らした時、「旦那様！」と鋭く叫ぶ声がした。銀次はぎょっとなった。鉄斎の家の手伝いの老婆が夕餉の膳を運んで、土蔵の傍に来ていた。すぐさま体をかわして土蔵の横に身を潜めたが、勢いよく飛び出して来たのは鉄斎ではなく、闇よりも一段と黒い影だった。

「そこに怪しい者が……」

老婆は黒い影に言った。ひゅうひゅうと絶え間なく喉から音がする。何やら鼻を覆いたくなる饐《す》えた臭いがした。六尺近い男の影に鉄斎は手燭の灯りをかざした。

影が振り向いた。銀次の喉が「ひッ」と鳴った。伸び放題の髪は櫛を入れたこともないようにそそけていた。髭だらけの顔の中に鋭く光った眼があった。乱杭歯《らんぐいば》が剝き出された。

兄弟とは言え、途方もなくかけ離れた相似形だ。人間の顔が周りの状況でこれほど変わるものかと銀次は震えながら思った。

「誰だ？」

鉄斎の声が響いた。

「出て来るがよい、私は逃げも隠れもしない。吟味を受けるぞ」

誘う言葉に銀次はひるんだ。しかし、ここで逃げては確実に摑んだ証拠をまた逃すことになるだろう。

「先生……」

銀次は土蔵の横から出て行った。身体を奮い立たせて。

「おお、お前か。とうとう見つけたな」

鉄斎の声は妙に自信に溢れていた。

「どこから入った？」

「へい、ちょいと塀を乗り越えさせて貰いやした」

「機敏なものだ」

陽明は唸り声を挙げて銀次に摑みかかろうとした。鉄斎はそれを制した。

「そいつが先生の年子の弟ですかい？」

「ああそうだ」

「ずい分と手間ァ掛かりやした。十年もおいらはこの魔物を捜しておりやした」

「貴様に私の気持ちはわからぬ」

「そうでしょうか。親兄弟を殺されたのは先生だけじゃねェ。まるで手足を引き千切られるような気持ちは並の人間にゃ、わかりはしめェ。おう、陽明、お父っつぁんとおっ母さんを殺されて喰われたのは死ぬほど辛ェことだったかい？」

うおっ、ほ、と陽明は相槌を打つつもりか奇妙な声を上げた。老婆は膳を脇に置いて陽明の横に立ち、そっと腕を添えている。陽明を庇《かば》っている様子があった。

「お見逃し下さいませ。陽明様は心を病んでおります。何とぞお見逃しを……」

老婆の唇から白い息が洩れた。銀次は落ち着きを取り戻していた。もはや恐れも身体の震えも感じなかった。下手人の正体をその眼で見たせいだろう。

「婆さん」と銀次は老婆に声を掛けた。

「確かにそいつは心の病いに取りつかれているらしい。だがな、放っておくことはできねェな。これ以上死人《しびと》が出るのは罔っ引きとして許せねェ」

陽明が身体を捩った。彼が動く度に怪し気な臭いがあたりに漂う。

「殺された者は皆、この世の掃き溜めにいるような人ばかり。陽明様は世直しをされていたのです」

「馬鹿言ってんじゃねェ！」

老婆が表情のない顔で言った時、銀次は吐き捨てるように怒鳴った。

「いい年して、手前ェの頭もおかしくなっちまったのかい？　それを言うなら、この陽明こそこの世の掃き溜めにいるような奴だ。おいらの妹はこいつに手ごめにされた上に殺されたんだ。え？　たかが鉄斎に岡惚れして付け文をしただけで……」

「あの娘はふしだらです。大店の娘のくせに、やることは年増女のようにいやらしい」

「おきゃあがれ！　手前ェに四の五の言われたくねェや。そのいやらしい娘を殺して、さんざなぶりものにして、おまけにべろまで喰っちまった陽明はいったい何んだ？　ものの言い方に気をつけろ」

「銀次さん……」

今まで黙っていた鉄斎が手燭を持ったまま静かに口を開いた。

「あなたはどうするつもりだ」

「知れたことよ。妹の仇を討たして貰う」

「貴方にこの陽明が召し捕れるかな」

「召し捕るだと？」

銀次はぎろりと鉄斎を睨んだ。

「おいらがここへ一人でやって来たのは定石通り、しょっ引くのが目的じゃねェ。あんた等はおとなしくお縄になるような玉じゃねェだろ?」

「存外にものわかりがいい。幾ら金が欲しい。くれてやるぞ、望み通りの金を」

銀次は怒りのために頭の中が真っ白になったような気がした。

「はばかりながらこの銀次、金に不自由はしておりやせん。おいらはこれでも小間物問屋の主だ。汚ねェ金を受け取った日にゃ、後生が悪くて夜もろくに寝られやしねェ」

その台詞《せりふ》はいつか弥助が自分に語っていたようだと銀次は思い出していた。弥助は死んでもなお、心の中に生きて、自分に何やら指南してくれている。銀次は確かにそう思った。

「しからば、何んとする」

「死んで貰いやす……」

銀次の声が不敵に嗄れた。鉄斎は顎をしゃくった。陽明は老婆を突き放すと、懐から白木の鞘に納められた刀を静かに引き抜いた。

それは二尺ほどあろうか、短刀というには長過ぎる。鞘を地面に無造作に落とすと、下向きに構え、膝を曲げ、足は外股になった。

それだけで銀次は陽明が馬庭念流の遣い手であることを悟った。そうだ、馬庭念流は百姓の剣法であった。陽明は百姓の出、この剣法を心得ていたとしても不思議ではない。

弥助の背中を深く斬り裂いたのは、恐らく、この刀であろう。

「銀次、陽明は腕が立つぞ。貴様とどちらが強いかの」

鉄斎は愉快そうに笑った。どいつもこいつも頭のおかしい奴ばかりだ。銀次は袖をたくし上げ、十手を摑み直した。陽明の刃が光った。手燭の灯りばかりではなかった。陽明の顔がはっきりと見える。月が明るい。もしかして、今夜は満月か……まさか、と銀次は心の中で湧き出た想念を打ち消した。

陽明は身体が大きい分、動作が大雑把《おおざっぱ》だった。腕が立つなどと笑止な、陽明の剣は破《や》れ傘のようにどこも隙だらけだ。銀次は自分の敵ではないと思った。ニヤリと唇を歪めた銀次に陽明は唸り声を上げて、二度三度と剣を仕掛けて来た。その度に銀次は振り払う。身体が身体なだけに重量感はあった。陽明の息は荒い。喉からひゅうひゅうと息が洩れていた。

何度目かの時、陽明の刀は銀次の十手に捉えられ、手を離れて宙に飛んだ。

「ふ、覚悟しな。それまでだぜ」

銀次は陽明の手を離れた刀にそろそろと近づいた。その刀で陽明の土手っ腹に恨みの一撃を込めるつもりであった。

が、陽明はガウッと唸り声を上げ、ひるむことなく銀次に摑み掛かった。息が止まる。眼が眩む。陽明の身体の中にすっぽりと収まってしまった銀次は、自分の太股ほどありそうな陽明の腕に首を締めつけられた。鉄斎の哄笑が夜空に高々と響いた。

遠くなる意識の中で銀次の瞼に焼きついたのは、奇形の松の、そのくるりと輪になった枝にはまった上弦の月であった。遠く、呼び子の笛が聞こえた気もしたが、それは恐らく空耳だろうと銀次は思った。満月でもねェのに……銀次は薄れる意識の中で思った。

思った途端、視界が遮断されていた。

おい、いつの間に春になったのかいな。大川は蒼味を増して、埃っぽい日本堤《づつみ》には雲霞みのような桜が満開だ。

こりゃ、いい眺めだ。おいらは鳥になっちまったのかな。江戸は広いや。この広いお江戸をおいらは闇雲に走り、通りを抜け、橋を渡って十手稼業に精を出していたんだ。

……埒《らち》もねェ。それだからと言って何んぼのものだったろう。おいらは手前ェの親兄弟も守れなかった。女房に決めた女ひとりも捜せない。

いい按配だ。ここからお芳を捜してやろうじゃねェか。お芳、お芳と……いねェな。どけェ行っちまったんだろう。おいらに愛想尽かしをしちまったのか?

鉄斎、そう言や、叶鉄斎はどうしたろう、弟の陽明も。臭ェ、男だったな。顔も身体も何も彼もが臭ェ。腹の中が死人の腸《はらわた》を喰って、真っ黒に腐っているんだろう。おお臭ェ。政吉、手前ェ、肝心な時に留守にしやがって、だからおいらは殺されたんだ、そうだ……な？おいらは陽明に殺されたに違いねェ。だからおいらの身体はこんなに軽いんだ。政吉、今度会ったらただじゃおかねェ。取り憑《つ》いて祟《たた》ってやらァ。おおかた、安女郎でも買いに行ってたんだろう。

お前ェもさっさと女房を貰え。ぐずぐずしてると鼻欠けになるぜ。

あれッ、鼻欠けの夜鷹が来るわ。ひょっとしてお芳じゃねェのか？　やい、お芳、手前ェ、おいらを差し置いて、間男しやがって。

見ねェ、罰が当たって鼻欠けだ。お多福の鼻欠けなんざ、聞いたこともありゃしねェ。

いやいや、嘘だ。鼻欠けだろうが何んだろうが、おいらは構やしねェ。付け鼻を誂えてやるさ。なあに、店は小間物問屋だ。大奥のお女中を慰めるべっ甲の張り形さえ売っているんだ。付け鼻だってわけはねェ。心配するな。

心配ねェって……

身体がやけに重くなったぜ。眼がぐるぐる回るよ。おいらは墜落するのかな。凧《たこ》みてェだ。おいらは糸の切れた凧だ。凧、凧、凧、揚がれ、だ。うおーい、助けてくれ、本当に落ちて行くぜ。冗談じゃねェ。冗、談、じゃ、ねェ……

「旦那様、旦那様……」

銀次の眼に三つの顔が覆い被《かぶ》さって見えた。

母のまつ、医者の玄庵、頭に白い布を巻いた卯之助だった。

「うの、その頭はどうした？」

「おお、気がつかれましたか」

玄庵が声を掛けて銀次の脈を取った。銀次はいつの間にか坂本屋の内所にいて、蒲団に寝かされていた。身体が熱っぽい。湯冷めして風邪を引き込んだものだろう。起き上がろうと枕から頭を離した瞬間、後頭部に鈍痛が走った。「いてッ」と銀次は呻いた。

「起きてはいけません。しばらくはじっと寝ていることです」

玄庵は言った。銀次の意識が戻ったことで安心したのか、帰り仕度を始めている。いったい、何刻だろうか。内所には行灯が点いているが、障子を透かして仄白い光りが洩れていた。

「おいらはどうなっちまったんだ？」

玄庵が帰ると銀次は独り言のように呟いた。

「銀さん、危ないところだったんだよ。卯之助と政吉さんが駆けつけて、おっかない人を成敗したそうだ。卯之助の腕も捨てたもんじゃないねェ」

まつは感心したように言った。眼を拭っているのは銀次の無事をしみじみ実感しているせいだろう。

「うの、陽明にやられたのか？」

「はい、不覚を取りました。申し訳ありません。表様があの者を一刀のもとに斬りまして、それでわたしも何んとか……」

卯之助の表情には疲れが見えるが、怪我のわりに眼が生き生きとしていた。習い覚えた剣の腕を実戦で試したせいだろう。銀次はそう思った。

「鉄斎は？」

銀次が訊くと卯之助は一瞬、口ごもり、それから自害しました、と言った。

「そうか……」

何んだか気が抜けた。ことの仔細を見ていないからだろう。

「まさはどうした？」

「台所の方にいらっしゃいます。旦那様にもしものことがあれば申し訳が立たないと、大層落ち込んでいます」

「ここに呼べ」

卯之助は内所を出て、政吉を呼びに行った。ほどなく寝不足で青白い顔をした政吉が内所に現れた。銀次を見ると喉を詰まらせ、「兄ィ……」と言ったまま俯いた。

「なあに、お前ェも無事でよかった。ところでお前ェはどこにいたんだ？」

「へい、慎之介坊ちゃんのお伴《とも》で浅草の司天台へ行っておりやした。伴はいらないとおっしゃいましたが、おいらはどうにも心配で後について行ったんでさァ」

「まだ子供みてェなものだからな」

「へい、本人は精一杯、大人ぶっていますが、おいらは道を歩いているだけでも危なっかしいような気がして……」

「そうだな」

銀次はふっと笑いが込み上げていた。慎之介の利かん気な表情を思い浮かべていた。

「坊ちゃんの伴をしたばかりに兄ィにこんな目に遭わせてしまって……」

「なあに」

「お屋敷に戻ると旦那は捕り物で出かけたと奥様はおっしゃいました。おいらは、すぐに坂本屋へ行くと、兄ィもいねェ。番頭さんは兄ィが鉄斎の屋敷へ出かけたと言ったが、もう一刻ほど時間が経っている。さすがに番頭さんも兄ィが心配になって、おいらと一緒に鉄斎の屋敷へ向ったんでさァ……こう言っちゃ何んだが、あの大男に摑まった兄ィは、全く小せェ鼠《ねずみ》みてェで、今しもぱっくり喰われるようで、おいらは思わず眼ェそむけやした」

「薄情者！」

銀次はそう言いながら笑った。

「ですが、番頭さんはそれを見るや否や、キエーッと凄い気合を入れて、あの大男にむしゃぶりついて行ったんです。あんな番頭さんを、おいらは初めて見やした」

「よして下さい、政吉さん」

卯之助は照れたように言った。頭の傷が疼《うず》くのか、その拍子に僅かに顔をしかめた。

「うのはその時に陽明にやられたんだな？」

「はい。わたしは無我夢中でした。政吉さんもあの男の足を取ったり、二人掛りで戦いました。凄い力でした。このまま三人ともいっぺんにやられてしまうのかと思いましたよ。表様がたくさんの中間《ちゅうげん》の人達とやって来て、塀に梯子を掛けて、次々と庭に降りて、叶の兄弟を取り巻いたのです。鉄斎はもはやこれまでと思ったのか、そそくさと屋敷内に戻ったのです。あの弟はそれを見て、世にも哀れな声で追い掛けたのです。その隙に表様は、あの男をばっさりと……」

「………」

「すぐに鉄斎を追い掛けて屋敷内に入ると、鉄斎は奥の間で腹を切っていたそうです」

「そうか……」

「わたし達は旦那様を運んでお店に戻りましたが、表様はまだ、叶の屋敷にいらっしゃるでしょう。後始末は少し厄介なことになりましょうな」

「と言うと？」

銀次は怪訝な顔を卯之助に向けた。

「叶の取り巻きであった旗本、御家人、国学者にもお咎めが及ぶでしょうから。家禄を減らされたり、甚だしい時はお家をお取り潰しになるかも知れません」

「………」

「お目付様の管轄になって、表様の手を離れることになるので詳しいことは存知ませんが」

「おいらは何んだか後味が悪いや。気を失ってる間に、すっかり事が済んじまってよ」

「これでよろしいのです。旦那様はあの兄弟を殺す覚悟で参ったのですね？」

卯之助はいつもの分別臭い顔になって銀次に訊いた。

「岡っ引きの分際でそれは僭越《せんえつ》の極みでございましょう」

「うの、手前ェ、誰に向かって……」

「わたしが申したのではありません、表様のお言葉です」

「おいらはあの化け物みてェな男をこの手で殺したかった。お菊の仇を討ちたかった、弥助の父っつぁんの仇も……」

銀次はそう言うと、我知らず、込み上げるものに喉を詰まらせた。いけねェ、と心の中で自分を叱ったが、涙はいつものように銀次を裏切って、とめどなく流れた。

政吉は「兄ィ」と吠えて銀次の蒲団に縋りついた。まつは袖で涙を隠している。卯之助は俯いたきりだった。銀次は感傷的な涙をこぼしながら、この図はやり切れないとも思っていた。事情を知らない者が見たら、さぞ、奥山の三文芝居のように思うだろう。お芳などはさしずめ、「あら嫌やだ」と鼻白むに違いない。本当にこんな時、お芳がいて、この場を繕ってくれたなら、やり切れなさは少しは解消されたものを。

そう銀次は思っていた。

十六

叶鉄斎、陽明の事件は勘兵衛が思った以上に尾を引いた。旗本の留守居役、御家人、国学者、商家の主、吉原の遊女屋の主、およそ二、三十名の者がお目付のきつい吟味を受けることになった。その内、お咎めを受けた者も十名を下らなかった。

松平志州公、御用達の魚屋、岩窪初五郎こと魚屋《ととや》北渓《ほっけい》にも吟味は及んだが、銀次は勘兵衛に口添えして貰うように頼んだ。彼が話してくれたことで調べを進めることもできたからだ。

何より、銀次の目には初五郎に落ち度がないことは明白であった。銀次はそれをくどいほど勘兵衛に語った。これで初五郎が咎めを受けては、今後、彼は岡っ引きに話をしてくれなくなる。信用がなくなることを銀次は恐れた。幸い、銀次のせいでもなく、初五郎は簡単な取り調べを受けただけでお解き放しになった。

昌平黌のある湯島の聖堂は神田明神のある高台にあった。五代将軍綱吉は元禄三年（一六九〇）七月に聖堂を忍岡《しのぶがおか》から湯島に移し、附属校を私塾から公立に格上げした。それが昌平黌の始まりと伝えられているが、度々の火災はその運営を危うくしたことも何度かあった。
十一代将軍家斉《いえなり》の時の老中、松平定信は聖堂改革に乗り出し、敷地を拡げ、道を開き、昌平坂、昌平橋など聖堂学舎にまつわる名をつけた。柴野栗山《りつざん》、尾藤二洲《にしゆう》ら儒者を招き学政にあたらせた。

この時、定信は大名や旗本の子弟に聴講を許すとともに、浪人、町人、百姓にも聴講を許し、広く学問の発展に努めたのである。

姨捨山から出て来た叶兄弟は進んで学舎の聴講に参加し、試験も受けるようになった。

やがて鉄斎の明晰な頭脳は学舎内でも評判になり、寄宿生として鉄斎は寮に入る。

さらに鉄斎は学問に励み、やがて教授方出役に出世し、教授方出役から学問所の主幹となったのだ。

鉄斎の出世は異例中の異例であろう。教授方出役にしろ、主幹にしろ、普通は旗本・御家人の優秀な者だけが特に命じられて任務に就くのである。何んの後ろ盾もない鉄斎が、そこまでの地位を確保するには並大抵のことではない。

鉄斎は噂通りの優れた頭脳の持ち主であったのだろう。その頭脳を弟のために間違った遣い方をしてしまった。まさに世の中は儘《まま》ならぬ、である。

陽明は学舎の聴講を受け出した頃から少しずつ様子がおかしくなったらしい。人嫌いになり、家に籠《こ》もりきりになった。故郷から江戸へ出て来て、周りの状況の変化も陽明をおかしくさせる要因になったのだろう。

鉄斎は男色を好んだ。金に余裕ができると蔭間茶屋にそっと通うようになった。陽明にはそれが堪えられないことだった。兄弟とは言え、その部分だけは違っていたと老婆の女中は言っていた。

そのことで兄弟が争ったのかどうか、二人とも死んでしまった今では知る由もない。

しかし、鉄斎と交渉のあったらしい蔭間が一人殺されている。これが発端となって陽明は鉄斎に悪影響を及ぼす恐れのある者を次々と手に掛けるようになったのだ。

妻帯したことは鉄斎の間違いであろう。男色の噂を打ち消すために妻を娶《めと》ったところで破綻は目に見えている。最初の妻の自殺は合点がいく。二度目の妻の遺骸は白骨化して土蔵の地下から発見された。この妻に陽明は岡惚れしていたらしい。しかし、二度目の妻は陽明など歯牙にも掛けなかった。

行き場所のない陽明の気持ちはねじ曲がった形でこの妻に向かった。すなわち、もの言わぬ状態にして愛しむことだった。鉄斎は二度目の妻のことにも無関心だった。その男振りは彼が通り過ぎる女に優しく声を掛けるだけで、女は易々と彼について来るほどである。妻の替わりは幾らでもいた。

三度目の妻はいささか性悪だった。鉄斎の男色も陽明の殺人癖も知っていた。鉄斎の名前と財産に惚れ込んで妻の位置に収まったような女だった。浪費が激しく、酒を好んだ。

火災は付け火ではなく、この妻の不始末と知れた。書物は失ったが、妻の焼死は鉄斎をほっとさせたようだ。しかし、火災は陽明の神経をさらに悪化させた。その後は満月になるや、陽明の表情は怪しく変わり、一連の猟奇的事件へと発展して行ったのである。この事件の詳細は鉄斎の所の女中が観念して洗いざらい話したものである。

十年に及ぶ異常な殺人事件は叶兄弟の死で、ようやく解決を見たのである。

弟……と口にして銀次はもの悲しい気持ちになる。特別な思いは銀次にわからぬ感情ではなかった。お菊が死んだことより、庄三郎が死んだことの方がこたえていた。それは口にはしなかったが。

お菊が死んだ時、庄三郎は十二だった。前髪の少年で算盤や手習いに通っていた。剣術のけいこを渋っていたのは幼い頃から外遊びをするより、家でお菊とお手玉や人形遊びをする方を好んでいたからだ。店の化粧《けわい》の品にも興味を示して、銀次は庄三郎が男色の世界に足を踏み入れないかと大層心配したものだ。

しかし、鳶《とび》の頭の娘、お春とは昔から約束を交わしていたらしく、二十歳を過ぎると一人前に嫁を取りたいと言って来て、銀次は内心ほっとした。まつと銀佐衛門は銀次を差し置いて先に祝言を挙げる庄三郎に難色を示したが、銀次のとりなしで話はまとまったのだ。

お春は鳶の娘らしく鉄火肌の娘だった。小さい頃、祭りの神輿《みこし》を担ぐのだと駄々をこねて親を困らせるほどだった。祭りの神輿は女は担げないのだから。

それでも嫁になったお春は銀次の目には女らしく映っていた。夫婦仲も良かったし、まつと銀佐衛門を大事にしてくれた。

お春は姑にただ従うだけの嫁ではなかった。意に添わないことには、はっきりとものを言った。潔い性格を銀次は好ましく思っていた。

坂本屋の女達は代々、きつい性格の者が多い。まつにしろ祖母にしろ。

皆んないなくなっちまって……と、銀次は今頃になってふと思う。寂しいというより胸の中にぽっかりと穴が開いた気分だった。

思い出されるのは幼い頃の庄三郎の顔ばかりだった。信じられないほど小さかった弟のめそめそ泣いたあの顔。大丈夫だ、兄さんがいじめっ子の敵《かたき》を取ってやらァ。

背中に庄三郎をおぶって家路を急いだあの時、夕焼けがやけに赤く感じられたものだ。

――兄さんがいっち好きだ。

庄三郎はぽつりと言った。あの言葉が忘れられない。どれほど銀次を幸福な気持ちにさせたろうか。叶鉄斎も陽明に対して自分と似たような感情を持っていたはずだ。

それを思うと切ない。頭のおかしくなった弟ならなおさら切ない。

庄三郎は暇を見つけて地蔵橋の裏店にも通ってくれた。器用に襖の張り替えなどもしてくれた。銀次は壁に寄りかかって、それを眺め、庄三郎に「小間物屋より表具屋になれ」などと冗談を飛ばした。

嫌やになったらいつでも坂本屋に戻れと庄三郎は言った。その言葉に甘える気持ちは銀次にはなかった。弟に情けを掛けられるような男じゃないわ、と。

へ、おいらは庄三郎にすっかり心を読まれていたのだ。やめろ、と言われたらやめない、続けろと言われたら、やめてしまうあまのじゃくな性格を。

しかし、鉄斎の事件が解決すると銀次の胸の中に岡っ引きを続けるという意欲が損なわれているような気がしてならない。

お菊を殺った下手人をこの手で捕らえる、叶鉄斎をお縄にする、それが叶えられた今、勘兵衛が十手を返せという言葉にも生返事をしている自分に気づく。

以前ならとんでもねェ、と眼を剝いていたのに。卯之助はお務めに益々精進して下さいと励ます。いつでも力になるとも言った。

だが……

十七

梅が咲いて鶯の鳴き声がしたかと思ったら、もう桜の便りが銀次の耳に届いていた。

一月はとうとう蒲団の中で暮してしまった。

陽明に傷つけられた首や頭の回復より、湯冷めが原因の風邪に往生した。熱がなかなか引かず、身体の力も出なかった。

政吉は病人の銀次にはお構いなく、慎之介の伴について嬉々としているふうだ。

今までは銀次に指図されるばかりだったのが、慎之介には年の功であれこれ助言ができるからだろう。

政吉が薄い唇を舌で湿して得意そうに講釈する図が銀次には浮かんでいた。慎之介の感心したような表情で政吉はさらに図《ず》に乗る。

いまいましい気はしたが身体が本調子にならないので銀次はうるさいことは言っていなかった。

気分の比較的良い時は店に出ることもあった。陽気に誘われて女の客が多くなっている。

卯之助は丁寧に白粉の刷き方やら、紅の差し方を客に教えていた。客は真剣な眼差しでそれを聴く。お芳に負けないお多福や赤面《あかつら》の客にも卯之助は歯の浮くような世辞を忘れない。銀次は見ていて客が気の毒になる。あんたの顔は美顔水で磨くより井戸の水で洗った方が何ほどましになるか。天女香の白粉をごてごて塗った日にゃ、ぬっぺらぼうも逃げ出すわ。しかし、それでは商売にならない。

「坂本屋の旦那、御機嫌よろしゅう」と客は渋紙に包んだ化粧品を持って店を出る時、帳場に所在なく座っている銀次に素早く流し目をくれて愛想をすることを忘れない。

銀次はその度に「あい、あい」と応える。

ろくに愛想をしなくても客は満足している様子で、甲高い笑い声を立てて出て行く。いつも溜め息が出た。自分は今更ながら商売人ではないと感じた。

卯之助はおいおいに慣れますよ、と慰めてくれたが。


勘兵衛はまだ叶鉄斎の後始末に追われていた。久しぶりに八丁堀の屋敷を訪れてみたが、奉行所で書き物をしている毎日だとうねめは言った。

勘兵衛の留守に奥方を相手に世間話をしても埒は明かないので、銀次は早々に屋敷を出た。ぽかぽかと春のような陽気だった。そう言や、もう春だ、銀次は薄青い空を眺めて改めて思った。何があっても季節は順当に巡る。銀次にはそれが不思議だった。

父親と弟夫婦が死んだ翌日に、いつものしじみ売りが台所の戸を叩いたのに銀次は驚いた。世間というものは銀次が考えている以上に他人には無関心であり、また、逆にしたたかであるとも言える。

昼にはまだ間があった。銀次はふと思いついて弥助の墓参りをしに両国橋を渡った。

弥助の墓は深川の浄心寺にあった。家族の弔《とむら》いに忙しく弥助の墓参りは一度もしていない。鉄斎が死んだことを報告すれば、あの世の弥助も喜ぶに違いないと銀次は思った。お芳の出奔も、ついでに詫びて来るつもりだった。


その日が弥助の月命日の十六日であったのは、何か因縁でもあったのだろうか。銀次は日付のことは頓着していなかった。

深川に入り、富岡八幡《とみおかはちまん》の前を通り、ぶらぶら歩きながら浄心寺に向かった。

浄心寺の前に着いた時、銀次は額にうっすらと汗を滲ませていた。寺の前に葭簀《よしず》張りの茶店があった。銀次はそこで茶を貰い、ついでに樒《しきみ》を売っていたので、それも買った。

一息ついて寺の中に入り、寺男に弥助の墓を尋ねた。それは石の墓ではなく、木の卒塔婆《そとうば》が三基立っているだけだった。銀次はそれを見て一瞬、胸を堅くしていた。

卒塔婆は弥助のものが一番新しく、他の一基は弥助の女房のもので、残りは母親のものだった。

銀次が緊張したのは卒塔婆があまりにみすぼらしかったからではない。その三基の卒塔婆の前に今さっき摘んだばかりのような花が供《そえ》えられていたからだ。お芳だ、と銀次は独り言を呟いた。なぜ、今の今まで、このことに気づかなかったのだろう。お芳は一人娘である。身内の菩提《ぼだい》を弔うのは残された者の務めである。親しい親戚がさしているわけではなかった。その供えられた花はお芳が持って来た以外に考えられなかった。

銀次は樒を卒塔婆の前に供え、そっと手を合わせてから、広い境内を掃除していた寺男の傍へ行き、声を掛けた。

「父っつぁん……」

銀次の年長者に対する呼び掛けはいつも決まっていた。気軽で、なるたけ相手の警戒心を起こさせない方法である。

背の曲がった寺男は、それでも怪訝な眼で銀次を見た。綿入れの袖なしはこの時期には暑苦しく感じられた。銀次はすでに袷《あわせ》に着替えていた。

「あすこの仏にお参りする人ァ、若ェ娘じゃねェのかい?」

銀次は三基の卒塔婆を指差した。

「へえ、毎月感心にお参りして行きます」

「そのお……どこに住んでいる娘か父っつぁんは知らねェかい?」

寺男はギロリと銀次を睨むと竹箒《たけぼうき》の手を動かし始めた。

「おいら怪しい者じゃないぜ。あの仏に大層世話になったもんだ。恩返しをしてェと娘の居《い》所《どこ》をずっと捜しているんだ」

「居所は知らないが、毎月十六日には寺に来ますよ。あんた、来月もここに来るがいい」

「そ、そうだな。ところで娘は……お芳って言うんだが、何刻頃いつもやって来るだろうか？」

「ふむ、そうさな、ずい分と早い時刻に来る。どこか奉公していて仕事の前にやって来るんだろうさ」

「な、父っつぁん、お芳はその時、どんな恰好をしていた？」

「お前さん、岡っ引きみたいな口を利くね。どんな恰好も何も、普通の町家娘の恰好だよ。おかしなことを言う人だ」

「前垂れをしていたかい？」

「墓参りに前垂れは外すだろ」

寺男は埒もないというように吐き捨てた。

「化粧《けわい》はどうだ？　していたかい？」

「何かい？　商売女かどうかをあんたは聞きたいわけかい？」

「…………」

「わしの目には堅気の娘にしか見えなかったな」
「ありがとよ。助かったぜ。父っつぁん、これは少ないけど、取っといてくれ」
銀次は袂から銅銭を取り出して寺男に握らせた。男はこりゃどうも、と相好《そうごう》を崩した。踵を返した銀次に寺男は「いつも明六つ（午前六時）の少し後に来ますよ」と言った。銀次は肯いて寺を出た。

それからのひと月を銀次はこれほど長く感じたことはなかった。お芳が店を出てからそろそろ三月《みつき》、いや四月《よつき》になろうとしていた。

その間にお芳がどんな暮しをしていたのか、寺男の話を聞くまで銀次は内心怖かった。たとえ口に憚る場所にいたとしても銀次は、お芳を責めるまいと心に決めていた。だから政吉と一緒に羅生門河岸まで行った。

お芳が坂本屋に戻らないなどとは、三月の十六日まで銀次は夢にも思いはしなかった。銀次が捜し当てて来たと言えば、お芳は泣きの涙で自分に縋りついて来るものと銀次は思っていたのだ。

弥助の月命日の前日、銀次は夜の内に深川に入った。まつにはきっぱりとお芳と所帯を持つと言った。もう女中扱いするな、とも。

卯之助は今になって坂本屋の御新造では、お芳の荷が重過ぎるのではないかと言った。おきゃあがれ、と銀次は声を荒らげた。御新造にふさわしいかどうかは奉公人次第だ。お前がいつまでも女中と思ってお芳を眺めているなら、お芳は死ぬまで女中の気でいる。だが、お前が御新造とお芳を立てたら、あいつはその内に立派に御新造の顔にならァ。両国の相撲取りを見ねェ、と銀次は言った。大関が横綱になった途端、横綱の顔になり、横綱の相撲を取るじゃねェかと。

卯之助は深く得心して銀次に頭を下げた。

「わたしの目に曇りがございました。お許し下さい。旦那様が心に決めた女《ひと》です。お芳は、いえ、御新造様はさよう立派に坂本屋の顔になるでしょう。ならせて見せましょう」

そのやり取りも、考えてみたら、ずい分と芝居がかっていた。銀次は後で思い出す度に冷や汗が出る。照れ臭さに銀次は顔をしかめた。

自分が真面目なのか、根が不真面目なのか分からなくなる。

深川の入船町で一杯やってから、三好町の舟宿に泊まった。三好町は浄心寺に近い。材木問屋が軒を連ねる町だった。

舟宿から堀を眺めると、太い丸太が浮かんでいるのが見えた。樹木の濃厚な匂いが銀次の鼻を衝いた。堀の水はぬるみ、春の宵は銀次をとろりと酔わせた。酒の相手もいなかったが、銀次は満ち足りた気分だった。お芳に逢える、そのことが銀次を幸福な気持ちにさせていた。それは雛鶴に逢いに行くのとは趣が違っているような気がした。雛鶴の時は何かに駆り立てられるような思いだった。

年のせいだろうかと銀次はひとりごちた。

お芳は自分の前から一言もなく姿を消した。

銀次が坂本屋の跡を継いだことがお芳の何かを変えたのだ。釣り合いが取れないとまつは言ったが、お芳もそう思ったのだろうか。いや、お芳は坂本屋に戻った銀次の気持ちをそれとなく探っていたような気がする。銀次は坂本屋の主になって、近所の店や同業者への挨拶廻りで忙しくしていた。お芳がそれから何を考えていたのか銀次には及びもつかない。

お芳を安心させる言葉が不足していた。お増は本当に後悔しているようだ。お芳と口に出すだけで涙ぐむ。

もはや銀次に自分は必要がないと思ったのだろう。銀次が吉原に通って、またぞろ、遊女の誰彼と浮名を流すと思ったのだ。傷つき悩むくらいなら、自分から梟《けり》をつけようと考えたに違いない。

傍にいる時はお芳という女がどんな存在なのか、銀次は殊更考えたことはない。いなくなって初めてお芳がどれほど自分にとって必要な女だったかを知った。身に滲《し》みた。もう迷わない、そう銀次は思った。

明六つどころか、七つ下がり（午前五時）には目を覚まし、銀次は顔を洗って身仕度を調えた。

舟宿を出る時、闇がまだ町並みを覆っていたが、歩いている内に東の空から白っぽい薄陽が射し、通りは朝靄が立ち込めているのがわかった。通り過ぎる山本町は建物が地面から立ち上がる感じで夜が明けて行った。

鳥の羽ばたきが驚くほど耳に近い。まだ眠りについている町が物音を消し去っているからだ。自分の雪駄の音もやけに大きく感じられた。

浄心寺の前に来て、銀次はほうっと溜め息を洩らした。寺の塀から溢れるように桜の花が見えた。色の薄い、ほとんど白に近い花の色だった。子供の頃は桜の花びらが、ほんのりと紅に染まったような色に思えていた。あれは種類の違う桜だったのだろうか。それとも子供の純な心が微かな色さえも見逃さずに銀次の眼に届いていたのか、銀次はわからなかった。

ゆっくりと寺に近づくと、あの寺男が先月と同じように竹箒《たけぼうき》で庭を掃除していた。

銀次を認めると顎をしゃくって「まだ来ていませんよ」と言った。

「ありがとうよ」

銀次は礼を言って頭を下げると、境内の中を手持ち無沙汰に歩き始めた。

「桜が見事だの」

寺男に少し大声で言うと、男は「へえ」と得意そうに鼻をうごめかした。

「これからしばらくは散った花の掃除が骨です。掃いても掃いても花が降って来るんで」

「毎日花見をしているようなものだ。いっそ豪勢じゃねェか」

「こちとら桜を見て風流を覚える余裕はありませんよ」

「おいらも同じよ。梅、桜と聞けば歌留多《かるた》を思い出す口だ」

「それでも去年はさすがにわしもこの桜にゃ見惚《みと》れました」

「何かあったのかい？」

「へえ、去年の花の散る頃、ひどく強い風が吹いた日があったことを覚えておりやせんか」

「ふん、そんなこともあったような気がする。言われてみれば」

「ここにある桜という桜がひと晩で皆、花を散らしたんですよ」

「ほう……」

「朝起きて、わしは口も利けなかった。この地面の黒い所が皆、花びらに埋まっちまったんですからね」

「いい眺めだったろ？」

「いやあ、旦那に見せたかった、白い敷物みてェで、そりゃきれェで……」

寺男はうっとりした表情になって言った。

銀次にはその景色が見えるような気がした。

「その後の掃除は地獄でしたがね」

寺男の落ちに銀次は顎を上げて哄笑していた。花びらの敷物とまでは行かないが、銀次の足許にも花びらは幾つも落ちていた。それを踏みしめながら、銀次は広い境内をゆっくりと歩いていた。

どこかで鶏が時《とき》の声を上げていた。雀のさえずりもうるさく響いて来た。

「お早うございます、ご精が出ますね」

聞き慣れた声に銀次は思わず振り返った。

寺男が銀次に目くばせを送った。銀次は結んだ唇に人差指を当てて黙っているように命じた。

お芳は銀次の姿には気づかず、納所に手桶を借りに行った。銀次は桜の太い幹に身を隠してお芳の様子を窺った。

お芳は柄杓《ひしやく》を入れた手桶と火の点いた線香の束を持って納所から出て来ると、弥助の墓にまっすぐに進んだ。

花を供える前に周りの藁屑やら落ち葉を取り除いていた。手慣れた様子で花を供え、線香をたむけると、しゃがんだ格好で長いこと手を合わせていた。

銀次はその背中に近づき、「お芳」と呼び掛けた。

お芳の背中がギクリと伸び上がり、ついで平衡を失って尻餅をついた。

「若旦那……」

起き上がり、尻を払いながらお芳は「御無沙汰しておりました」と言った。

「ずい分捜したぜ」

「……………」

銀次の言葉にお芳は薄く笑った。嬉しいという感じではなかった。曖昧な、その場を取り繕うような笑い方だった。

「今までどこにいたんだ？」

「ええ……ちょっとした所に御奉公に上がってました。ご心配お掛けして申し訳ありません」

「坂本屋には戻らねェつもりか？」

銀次の問い掛けに、お芳は銀次の視線を避けて肯いた。「なぜだ」と銀次は覆い被せるように訊いた。

「あたしはもう……」

「もう、何んだ？」

「あたしはもう必要のない人間だから」

「そんなことはねェ。おいらとの約束はどうなる？」

「反故《ほご》にして下さい」

お芳は顔を上げてきっぱりと言った。

「お増やおっ母さんの言ったことを気にしてるのか？　だったら心配ねェ、おいらがちゃんと……」

「いいえ」

お芳は銀次の次の言葉を遮った。

「そういうことじゃないの。事情が変わってしまったでしょう？　誰だってあたしが若旦那のお内儀さんになるのを不釣合いと思っているんです。あたしもそう思う」

「気の回し過ぎだ」

「あたしが坂本屋の御新造に収まったら、若旦那は世間の笑い者になるんです。大店の主人が女中と所帯を持つなんて聞いたことがない」

「人は人だ」

「ふ、相変わらず世間知らずな人ね。あたしが黙って消えてやったんだから、若旦那は安心して、筆屋の娘さんでも吉原の花魁さんでもお好きな方と一緒になるのがよござんすよ」

「何んでェ、その口の利き方は。気に入らねェな」

「あたしはもう坂本屋には関係のない人間です。ほっといて下さいまし」

お芳はそう言うと踵を返して寺の外に向かっていた。銀次は茫然とその後ろ姿を見つめていた。

「追い掛けなくていいんですかい?」

寺男が心配そうに言った。

「父っつぁん、おいらは振られたんだぜ」

「なあに、まだ脈はありますよ。あの娘は泣きながら走って行きましたぜ」

「…………」

「さ、早く……」

寺男は銀次を急《せ》かした。おせっかいな奴だと思ったが悪い気持ちは持たなかった。二、三歩、足を踏み出して銀次は思い出したように懐に手を入れ、財布の中から小銭を取り出して男に与えた。こりゃどうも、寺男は先月と同じ口調で銀次に礼を言い、頭をひょいと下げた。

お芳は浄心寺を出ると、小名木川に架かる高橋の方向に走っていた。振り向かない。銀次にはそれがお芳の決心の表れのように思えてならなかった。しかし、浄心寺でのやり取りだけでは埒は明かないとも思った。

お芳が今、どこでどのように暮しているのか、この眼で確かめたかった。

お芳は高橋の手前で左に折れ、海辺大工町に入った。急いで銀次は曲がり角まで走ると、武家屋敷の中にすっと姿が消えた。

それは武家屋敷ではなかった。屋敷と屋敷の間に注意しなければ見逃してしまいそうな藁《わら》葺《ぶ》きの家があった。家というには広い。寺の趣を備えた所だった。

案の定、黒の筒袖の上衣に共布のたっつけ袴の僧侶が竹箒を持って外に現れ、門前の掃除を始めた。寺の者は皆、掃除が好きと見える。銀次は皮肉な気持ちで僧侶を眺めた。

「何か御用ですか？」

銀次の視線に気づいた僧侶が顔を上げて声を掛けた。おや、と銀次は思った。その声、その表情は尼僧のものではないか。そこは小さな尼寺であった。目立たないけれど門の傍に「三省庵」の文字が読める。

「へい、おいらは、いえ、わたしは小伝馬町の小間物問屋、坂本銀佐衛門と申しやす。今しがた、ここへ若い娘が入って行ったような気がしたんですが……」

「お芳のことですか？」

尼僧は竹箒を持ったまま銀次に向き直った。

剝きたてのゆで卵のように、つるりとした肌をしている。澄んだ眼に幾分、怪訝な光を滲ませていた。美形であった。

「商家の方には見えませんが」

人を見る目に肥えているらしく、ずばりと言った。銀次は小鬢《こびん》を搔いた。

「さすがですね、実はわたしは八丁堀の旦那から十手、捕り縄を預る役目もしているんです」

「そうですか。お芳が何かしょっ引《び》かれるようなことをしましたか？」

尼僧から「しょっ引かれる」などと下世話な言葉が洩れたので銀次は苦笑した。

「いえ、そうじゃありません。あの娘はわたしの店に奉公していた者です」

「まあそうですか。何も言わないものですから、どういう娘なのか心配しておりました。親御さんも心配しているでしょうし、いつまでもここに置いてよいものかどうか思案しておりました」

「お芳は両親も死んで天涯孤独の身の上になりました。わたしはそのお……」

銀次は自分の立場をどのように説明したらいいのか困っていた。店の主人というだけでは不足な気がした。夫婦約束を交わした男というのも尼僧の手前生々しい。

「あなたとお芳の間には特別の事情がありそうですね？」

尼僧は銀次の心を読んだように先回りして言った。銀次は首をすくめた。

「へい、わたしはずっとお芳を捜しておりました。捜して店に連れ帰りたいと思っております」

「お芳が嫌やだと言ったら？」

「…………」

「お入りなさい。仔細を訊きましょう」

尼僧はそう言って銀次を寺の中へ促した。

尼寺へ男の自分が入って行ってよいものかとふと思ったが、尼僧は意に介したふうもなく庵《いおり》の中へとっとと足を進めていた。

「帰って！　ここは若旦那の来る所じゃありません」

銀次の姿を見たお芳は癇を立てた声を上げた。尼僧はそれを制した。

「この方はわたしがお招きしたのです。わたしの客ですよ。無礼な口を利くことはなりません」

おう、尼さん、もっと言っちくれ。こいつは本当に生意気な口を利く奴だ、銀次は尼僧の言葉に合いの手を入れたいほどだった。だが、それを堪え、庭を見渡せる板敷きの縁側にそっと腰を下ろした。奥は本堂になっていて金色の仏像がいかめしく納まっている。

尼僧はお芳に茶の用意を申しつけた。お芳は尼僧のことを「徳真様《とくしん》」と呼んでいた。

「申し遅れましたが、わたしはこの庵の主で徳真と申します。もう一人、尼僧がおりますが、ただ今はお勤めに出ております」

徳真ははきはきとした口調で言った。読経《どきよう》で鍛えられている声は深みが感じられた。

「さて、伺いましょうか」

お芳が抹茶を立てて持って来ると、徳真はお芳を下がらせ、ひと口、喉を潤した銀次に向き直った。

銀次はこの十年間の話をお芳だけに限らず、自分のことも含めて徳真に話した。過去を振り返るということはついぞなかったことだった。今更ながら多くのことが起きていたものだと銀次は深く感じ入っていた。徳真は時には眉をひそめ、時には拳を握り、肯いたり感心した表情をして銀次の話を聞いていた。

そうして小半刻ほど過ぎた頃、銀次は「庵主様、わたしの話はそれだけです」と口を閉じた。

徳真は正座の膝を崩さず銀次の話を聞いていた。溜め息のようなものがその唇から洩れた。

「さて、どうしたらよいものか……禍福は糾《あざな》える縄のごとしと申しますがあなたもお芳も不幸なでき事ばかりに見舞われる。御先祖の供養は抜かりなくされていますか？」

「へい、わたしの母親がまめにやっております」

「そうですか。あなたはお芳がどうしてお店を出たのかわかりますか？」

「へい、夫婦約束を交わしたのは、わたしが裏店に住む岡っ引きだったからでしょう。わたしが店を継いだためにお芳は事情が変わったものと判断して身を引いたんでしょう。おいらとあいつは別に喧嘩をした覚えもありやせんから」

小名木川の川風がそっと銀次の額をなぶった。庵の後ろは川になっているようだが銀次の眼には見えなかった。川の気配だけが感じられた。何んの樹か、幹の太い樹木の枝には新緑がさわさわと音を立てていた。

草履の足音が響き、銀次が振り返ると墨染めの衣に袈裟《けさ》掛けの尼僧が戻って来ていた。

徳真に帰宅の挨拶をすると銀次にも丁寧に頭を下げた。徳真より、かなり若い尼僧だった。

　ついでに目方の方も徳真より軽そうだ。すっきりとした顔立ちをしている。

「知念《ちねん》です。知念、こちらはお芳の御亭主になる人です」

「あらまあ……」

　口許がほころび、阿古屋《あこや》玉のような歯が見えた。

　銀次は奇妙な色気を覚え、思わず知念から視線を外した。

「それでお芳は帰るのですか？」

「それがねェ、困ったことに帰る気は毛頭ないらしい」

「こんな男前の御主人の何が不足なのでしょう」

　知念は不思議そうに言った。あどけない表情だ。あんたこそ、その女振りで何が悲しくて尼さんになんぞなるんだい？　銀次は心の中で呟いていた。

「あの娘は高橋でじっと小名木川を見つめていたのです。どうにも気になってわたしと知念が声を掛け、ここへ連れて来たのですよ」

　徳真はお芳を庵に連れて来た事情を説明した。

「身投げでもしないだろうかと徳真様は大層心配されました」

　知念が言い添えた。

「身投げをするような女じゃありませんよ」

銀次は吐き捨てるように言った。そんなヤワな女じゃない。

「でも人の気持ちというものはわからないものですからね」

徳真は溜め息混じりに言った。

「それで、お芳はここにいて尼さんにでもなる気でいるんですかい？」

銀次が訊くと徳真と知念は顔を見合わせ、徳真は「そのつもりでいるようです」と言った。銀次は吐息をついて肩を落とした。

「そういうことなら、もうおいらの出る幕でもねェが……お多福の尼なんざ、聞いたこともねェ」

銀次がそう言うと二人は弾けるような笑い声を立てた。

「あら、お芳が髪を下ろしたら可愛いと思うけど……」

知念はお芳を持ち上げるように言ったが、言った途端、腰を折って笑いこけた。

「あなたはおもしろい人ですね。そうそう、お芳は尼になるよりあなたの奥さんになる方がいいに決まっています。わかりました。説得してみましょう」

「よろしくお願い致します」

銀次は頭を下げると立ち上がった。

「そいじゃ、わたしはこれで失礼致しやす」

「これ、お芳、お芳、お客さまのお帰りですよ。お送りしておくれ」

俺の外までお芳は銀次を見送った。お芳はようやく落ち着きを取り戻し、来た時のようにつんつんした態度は見せなかった。

「お父っつぁんのお墓にお参りして下さったんですね、ありがとう存じます」

「お前ェはもう知っているだろうが叶鉄斎は死んだ。奴には年子の弟がいたんだよ。今までの事件は皆、その弟の仕業だった」

お芳の眼が大きく見開かれた。

「知りませんでした」

「だってお前ェはいつも……」

「ううん、もう自身番には行かないのよ。余計なことをしてしょっ引かれるのはもう御免だもの」

「そうだな、でも、これで気味の悪い人殺しはなくなるさ」

「そうかしら」

お芳は小意地の悪い言い方をした。

「弟の陽明は表の旦那が斬った。鉄斎は自害した。もう事件は解決したんだ」

「鉄斎の事件は、そうね。でも……」

「何が言いてェ」

銀次は真顔になっていた。銀次の視線をすいっとお芳は避けた。

「石川五右衛門も言ってるじゃないの。浜の真砂《まさご》は尽きるとも……」

「世に盗人の種は尽きまじ……」

銀次がお芳の後を受けた。

「違ェねェ。盗人だけでなく、殺しを働く下手人もな？」

「だから、若旦那はこれで安心してちゃ駄目ですよ」

お芳はようやく笑顔になっていた。

「坂本屋の嫁にはなってくれねェのか？」

「ええ、あたしは地蔵橋の岡っ引きと約束したのよ。小間物問屋の主人とじゃないわ」

「そうかい」

「あたしの惚れた人は泣き虫の岡っ引きで、夜にこっそりあたしに愚痴をこぼす人だった。あたしはその人に残り物の御飯を食べさせて、しっかりしなさいと励まして、それで滅法界もなく倖せだったの。でも、今は違う。江戸は小伝馬町の小間物問屋、坂本屋銀佐衛門とじゃ誰がどう考えても釣り合わない」

「お前ェは根っからの女中で、御新造を張る器量がねェと言うのか？」

「そうね、そうかも知れない」

「け、見損なったぜ、お芳。お前ェのその口もただのこけ脅しだったわけだ。惚れた男のためなら、商家の御新造だろうが、岡場所の女郎だろうが、やってやろうじゃないかという気にゃならねェらしい」

「若旦那……」

「うるせェや。おいらはもう若旦那じゃねェよ。旦那様だ。だがお芳、ひとつだけ言っておくぜ。おいらが小間物問屋の跡取りになっても、おいらの中味はこれっぽっちも変わっちゃいねェんだ。そしてな、お前ェの惚れた男は今も昔も岡っ引きだ。おいらは坂本屋も継いだが、お前ェの父っつぁんの跡もしっかり継いでいるつもりだぜ」

　銀次はそう言うとお芳に背を向けていた。

「若旦那、そこから舟が出ていますよ」

　おせっかいが最後までお芳から抜けないと銀次は思った。

「おいらの足はな、舟なんぞの世話になるほどヤワじゃないわ」

　豪気に言い放った銀次に、お芳は、ようやく笑顔を見せていた。その笑顔は以前の自分に向けられていたものだと銀次は思った。

　坂本屋に戻るという、はっきりした言葉は、お芳からなかったが、銀次は笑顔を見せられて、胸の中では、それを確信していたような気がする。

　当り前ェだ。お芳におれ以上のいい男がいるものか、と。

それから半月ほどして銀次は徳真から手紙を貰っていた。薄墨の麗しい文字はまつを大層、感心させていた。

お芳は坂本屋に戻る決心をしたと文面にはあった。今後は本人も努力するだろうから、くれぐれもお芳の力になってほしいと徳真は切々と訴えていた。徳真はお芳を説得してくれたようだ。

あの日、意地になって深川から小伝馬町まで歩き通したのは、ずい分骨であった。もう年だ、と銀次は思った。しかし、十手稼業に倦《う》んでいた気持ちはお芳に啖呵《たんか》を切ることで晴れた。

またぞろ、下手人を追い掛けることになるだろう。これから十年、いや、案外、弥助と同じように老いぼれても十手を放さないかも知れない。慎之介が貫禄を見せて「身体に気をつけるよう」などと自分をいたわるのだろう。少し滑稽で、もの悲しい図に思える。そして、これからも死人が出る度に何十回、何百回と泣かされることか。

どうせ店の仕事は半分も手伝えないだろうから、さっさとお芳に子供を作らせて、その子供を手習い所に通わせ、読み書き算盤を仕込んだ方がよさそうだ。

いや、ちゃんと同じ、岡っ引きになると言ったらどうしよう。銀次は今からいらぬ心配をするのだった。

そろそろ桜も終わりかと思う頃、銀次は深川の三省庵へお芳を迎えに行った。

風は強かったが、よく晴れた日だった。

お芳は門の前で銀次を待っていた。

銀次は気軽にお芳に声を掛けた。

「おう」

「若旦那……」

そう言ったお芳の眼に、もう涙が溢れていた。

「いいの？　本当にいいの？」

「いいんだ。本当にいいんだ」

銀次はお芳の肩に手を置いて応えた。

「嬉しい……」というお芳の声が掠れていた。三省庵では祝いの膳を馳走になった。本来は寺で御法度の酒まで用意されていた。「般若湯《はんにゃとう》でございますから」と徳真は涼しい顔で銀次の盃に酒を注いでくれた。徳真が言い難そうに念を押したのは、お芳が確かに坂本屋の嫁に収まるかどうかということだった。

銀次は胸を張ってそれに応えた。お芳は泣いていた。父親の葬儀にも涙を見せなかった女が泣いていたのだ。さめざめと嬉し涙にくれるお芳を、銀次は初めて見たような気がした。

銀次は感動したが照れ臭さに「泣き顔の似合わねェ女というのも、この世にいるんだな」と言って、また知念を笑わせていた。

徳真と知念は小伝馬町に帰る銀次とお芳を門の前に立って長いこと見送っていた。お芳は何度も振り返ってそれに応えた。

舟で行くかと訊くとお芳は首を振った。

「あたし、歩きたい」

「そいじゃ、遠廻りするぜ」

銀次は万年橋を渡り本所に入ると両国橋の方へ歩き出した。お芳は二、三歩後をついて来る。「お芳と道行きだ」

銀次が少し大声で言うと通り過ぎる人々がにやけて笑った。

「馬鹿なことをおっしゃらないで下さいまし」

両国橋は傾斜のある長い橋だった。人が切れ目なく通って行く。橋の中央では羅宇屋《らお》が店を開いていた。小ざっぱりとした身なりの老人だった。羅宇は煙管の火ざらと吸い口との間にある竹の管で、羅宇屋はそれをすげ替える商売である。

お芳はそれを見て銀次の袖を引いた。

「羅宇屋さんは大店の息子が放蕩の末に身を持ち崩してなる人が多いのですって。若旦那もお気をつけて」

お芳は小声で囁いた。

「馬鹿言ってんじゃねェ。誰が身を持ち崩すって？」

銀次は吐き捨てるように言った。

「しッ、声が大きい」

羅宇屋は銀次とお芳のやり取りを別に気にしたふうもなく、退屈そうに通り過ぎる人を見ているだけだった。

世の中なんて……と銀次は心の中で呟いていた。一寸先は闇じゃねェか。身を持ち崩すも何も、そいつに与えられた人生だ。どうなるかは、お天道様でもご存知あるめェ。坂本屋がどれほどの店でも百年後にも店を開いているかどうかは、わかりゃしめェ。肝心なのは今だと銀次は思う。

　下見れば及ばぬことの多かりき
　上見て通れ両国の橋……

銀次とお芳の足許にどこから吹いて来たのか、桜の白い花びらがひとつ、ふたつと落ちてきた。

二人はそれきり黙ったまま両国橋を渡った。川風はさらに、その花びらを雪のように舞い上げる。

陽《ひ》は頭上にあった。

〈了〉

参考文献

『歴史読本』特集「大江戸怪盗伝」（新人物往来社）
『安吾新日本風土記』坂口安吾・著（河出文庫）
『江戸の風呂』今野信雄・著（新潮選書）
『江戸の夕栄』鹿島萬兵衛・著（中央文庫）

解説

諸田玲子

宇江佐真理さんは江戸っ子だと、私は思い込んでいた。

函館に在住されていることは雑誌のグラビア等で存じあげていたし、著者紹介の欄で函館生まれと知っていたのに、なぜか勝手に東京の、それも下町に住んでおられたことがあると決めつけていた。

そうでないと知ったときは、騙されたような気がした。ぽんと肩を叩いて、あら違うわよ、と豪快に笑い飛ばされたかのような――。

オール讀物新人賞受賞の「幻の声」をはじめとする「髪結い伊三次」シリーズ、吉川英治文学新人賞受賞の「深川恋物語」、おろく医者・美馬正哲を主役に据えた「室の梅」など、宇江佐作品の大半は江戸深川が舞台だ。江戸情緒あふれるそれらの著作では、大川を渡る風の匂いや路地を行き交う触れ売りの声、裏店の住人たちの貧しいが明るい、人情にあふれた暮らしといった、私たちが想像のなかで描く江戸の佇まいが、実に見事に再現されている。

どうしてこれほど自在に江戸を描くことが出来るのか。

その訳は、実際にお逢いしたとき解けた。

宇江佐さんはやっぱり、〝江戸っ子〟だったのである。

気っぷがいい。潔《いさぎよ》い。媚びない。おおらか。楽天家。思ったことは歯に衣を着せず口にするが、そこに一種の諧謔があって、それがなんとも粋である。さらに言うなら、庶民感覚がある。つまり物事を見る目が平らで、足がきちんと地についている。

思えば、現在の東京には、どこを探しても江戸の風情《ふぜい》などないに等しい。深川や日本橋に生まれ育ったからといって江戸っ子とは言えない。江戸っ子気質《かたぎ》は、生まれ育ちにかかわりなく、江戸を愛する人々の心のなかだけに生きつづけているものなのだ。

「泣きの銀次」は、宇江佐さんの江戸への愛着がにじみ出た作品である。著者の、のびやかなまなざしに見守られて、登場人物の一人一人が生き生きと楽しげに与えられた役を演じている。

小間物屋の息子の銀次は、何者かに妹を惨殺され、下手人を探すために岡っ引きになった。事件はすでに土地のならず者の仕業ということでカタがついていたのだが、銀次は、真犯人は別にいると信じていた。江戸では半年に一度ほど、陰惨な猟奇殺人事件が起こっている。

怪しい人物はいた。叶鉄斎、御徒町で私塾を開いている学者だ。不審な点はあるのだがなかなか尻尾をつかませない。町奉行所の同心・表勘兵衛や息子の慎之介、大先輩の岡っ引き

・弥助、下っ引きの政吉らと共に、銀次は鉄斎の身辺を探る。その一方で、押し込み強盗が横行、銀次の実家も被害に遭う。

妹の殺害事件も強盗事件も残虐で陰湿である。銀次は親兄弟を殺され、さらには夫婦約束をした娘にも失踪されて、次々に辛酸をなめることになる。にもかかわらず、「泣きの銀次」が読者に与える印象はからりと明るい。

これは主人公の銀次のユニークな人物像によるものだろう。岡っ引きといえば、威勢がよく、界隈ににらみが利き、近隣の者たちから親分と呼ばれて肩で風を切って歩いているというのが相場で、特権を利用して威張りちらし、横柄な態度をとる者も多い。時代小説ではよくこの手の〝硬派の親分〟が登場する。

ところが銀次は、死体を見ると泣きじゃくるという困った性癖の持ち主である。

銀次がなぜ泣くのか……え？　死人が怖いからではないのだぞ。あいつは命がいたましいのよ……だから泣ける

著者は勘兵衛の口を通して、銀次が泣く訳を説明している。

硬派であるはずの岡っ引きに〝涙もろい〟という軟派の性格を与えたところに、この作品の妙があり、著者の慧眼《けいがん》がある。これによって銀次は等身大の人間となり、事件の陰惨さが

薄れてユーモラスな雰囲気が生まれた。骸に遭遇するたびに泣き、それを人々が揶揄する。銀次を笑い、そのくせ気づかうことで、江戸っ子の人情と心意気、不幸にめげないしたたかさがかえってくっきりと浮き彫りにされるのだ。

銀次がいい。銀次を取り巻く脇役もまたいい。

恋の相手、お芳は岡っ引き・弥助の娘だ。愛嬌のあるお多福顔でポンポン物を言う。捕り物の最中に家が火事に見舞われ、母を亡くした過去がある。そのためお芳は岡っ引きを嫌って、父とは疎遠の仲だった。大店《おおだな》の跡取りでありながら店を弟に譲って岡っ引きになってしまった銀次と、岡っ引きの娘ながら岡っ引き嫌いのお芳——片や泣きの銀次、片やさっぱりした気性のお芳、二人の恋の行方が物語の伏線である。

銀次はお芳を、そばにいると心が安らぐ、気心が通じる相手だと思っていた。はじめはそれだけだった。ところがお芳に懸想《けそう》する男がいると知って悋気《りんき》を起こし、女房にしようと思い立つ。女房になってくれと打ち明けたその晩にお芳を抱き、弥助にも了解を得てとんとん拍子、そこまではむしろあっけない展開である。

その後、次々に事件が起こる。お芳が災難に見舞われ、銀次にも危難が降りかかる。

お芳、お前ェは寂しくねェかい？　おいらは心底寂しいぜ。ひとりでこのまんま死んで行くのかと思や、なおさら寂しい。／お芳、おいらはお前ェに惚れているんだ。嘘じゃねェ。おいらは金輪際、他の女にゃ目もくれねェよ。

命を張って妹殺しの下手人と渡り合おうと決意したそのとき、銀次はかけがえのないものに気づく。だがお芳は銀次の心に懸念を抱き、行方をくらましてしまう。

傍にいる時はお芳という女がどんな存在なのか、銀次は殊更考えたことはない。いなくなって初めてお芳がどれほど自分にとって必要な女だったかを知った。身に滲みた。もう迷わない、そう銀次は思った。

事件の結末についてはここでは触れないが、一連の悲惨な事件は、お芳への思いだけでなく、家族、ことに弟への哀惜や、脆《もろ》く変わり易い人間の本性について銀次に考えさせるきっかけとなった。それによって銀次は自分というものを見つめなおす。家を飛び出して岡っ引きとなった若者が、ひとまわり大きくなって家へ帰ってゆくのである。

といっても、そこは江戸っ子である著者のこと。七面倒な理屈は言わない。「世の中なんて……（中略）一寸先は闇じゃねェか。（中略）どうなるかは、お天道様でもご存知あるめェ。（中略）肝心なのは今だ」と銀次に小気味よい台詞を吐かせて、ストンと幕を下ろす。

宇江佐さんは江戸弁の名手である。威勢のよい台詞がポンポンと飛び出し、しゃべっている人間の息づかいまで聞こえてきそうだ。

台詞だけではない。湯屋、居酒屋、裏店《うらだな》——過不足のない描写でひとつひとつの場面が鮮やかに浮かび上がる。しかも展開はリズミカルで心地よい。登場人物たちが軽やかに語り動くさまは、読者を芝居の舞台を観ているような心地にさせる。臨場感があるのだ。

臨場感と言えば、表勘兵衛が聡明な息子に手掛かりを教えられ、うれしいような悔しいような顔をするくだりや、行きつけの居酒屋「みさご」の伊平が、銀次の訪れを歓迎しつつも下っ引きの息子が捕り物の助っ人に誘い出されるのではないかと警戒する場面、ぼて振りの辰吉とその子与平との湯屋でのやりとりや、お芳が胸に抱く父への愛憎、銀次と両親との再会など、さまざまな親子の心模様もきめ細かく描き分けられている。親兄弟を描くとき、とりわけ筆が冴えるのは、著者自身が主婦であり母であり、家庭の要であるからだろう。ご本人に直接確かめたことはないが、そういえば、台所に据えた机で原稿を書いておられると聞いたことがある。

巷の片隅で黙々と働く庶民を見つめる著者の目はやさしい。銀次が弥助の裏店を訪ね、お芳を女房にすると打ち明ける場面や、湯屋のかま焚き爺さんから事件の手掛かりを聞き出す場面も秀逸だ。短いが、弥助や爺さんの背中に重く貼りついた人生が、裏店の湿気た匂いやかま焚きの煙と共にふっふっと立ちのぼってくる。

「泣きの銀次」はユーモアとペーソスに満ちた小説である。軽妙な捕物帳でありながら、本を閉じると、幼い頃の友人に出くわしたようななつかしさに包まれる。

　宇江佐さんのふっくらとした手のひらで、私たち読者は自在に転がされ、気がついたらひととき〝江戸の夢〟にひたっていた、というわけである。

●本書は一九九七年十二月、小社より単行本刊行された作品です。

|著者|宇江佐真理　1949年函館生まれ。函館大谷女子短大卒。1995年、「幻の声」で第75回オール讀物新人賞を受賞。2000年、『深川恋物語』（集英社文庫）で吉川英治文学新人賞受賞。2001年、『余寒の雪』（文春文庫）で中山義秀文学賞受賞。著書に『泣きの銀次』『室の梅』（ともに、講談社文庫）『あやめ横丁の人々』『卵のふわふわ』（ともに、講談社）などがある。

泣《な》きの銀次《ぎんじ》

宇江佐真理《うえざまり》

2000年12月15日第1刷発行
2005年11月1日第16刷発行

発行者——野間佐和子

発行所——株式会社 講談社

東京都文京区音羽2-12-21　〒112-8001

電話 出版部（03）5395-3510
販売部（03）5395-5817
業務部（03）5395-3615

Printed in Japan

講談社文庫

定価はカバーに
表示してあります

デザイン—菊地信義

製版——信毎書籍印刷株式会社

印刷——信毎書籍印刷株式会社

製本——加藤製本株式会社

落丁本・乱丁本は購入書店名を明記のうえ、小社業務部あてにお送りください。送料は小社負担にてお取替えします。なお、この本の内容についてのお問い合わせは文庫出版部あてにお願いいたします。

ISBN4-06-273037-5

講談社文庫刊行の辞

二十一世紀の到来を目睫に望みながら、われわれはいま、人類史上かつて例を見ない巨大な転換期をむかえようとしている。

世界も、日本も、激動の予兆に対する期待とおののきを内に蔵して、未知の時代に歩み入ろうとしている。このときにあたり、創業の人野間清治の「ナショナル・エデュケイター」への志を現代に甦らせようと意図して、われわれはここに古今の文芸作品はいうまでもなく、ひろく人文・社会・自然の諸科学から東西の名著を網羅する、新しい綜合文庫の発刊を決意した。

激動の転換期はまた断絶の時代である。われわれは戦後二十五年間の出版文化のありかたへの深い反省をこめて、この断絶の時代にあえて人間的な持続を求めようとする。いたずらに浮薄な商業主義のあだ花を追い求めることなく、長期にわたって良書に生命をあたえようとつとめるところにしか、今後の出版文化の真の繁栄はあり得ないと信じるからである。

同時にわれわれはこの綜合文庫の刊行を通じて、人文・社会・自然の諸科学が、結局人間の学にほかならないことを立証しようと願っている。かつて知識とは、「汝自身を知る」ことにつきていた。現代社会の瑣末な情報の氾濫のなかから、力強い知識の源泉を掘り起し、技術文明のただなかに、生きた人間の姿を復活させること。それこそわれわれの切なる希求である。

われわれは権威に盲従せず、俗流に媚びることなく、渾然一体となって日本の「草の根」をかたちづくる若く新しい世代の人々に、心をこめてこの新しい綜合文庫をおくり届けたい。それは知識の泉であるとともに感受性のふるさとであり、もっとも有機的に組織され、社会に開かれた万人のための大学をめざしている。大方の支援と協力を衷心より切望してやまない。

一九七一年七月

野間省一